JN232632

Natural 2
ナチュラル
DUO
デュオ
兄さまのそばに
フェアリーテール　原作
清水マリコ　著
針玉ヒロキ　原画
PARADIGM NOVELS 96

登場人物

鳥海千紗都《とりうみちさと》　空の双子の姉。幼い頃から体が弱く、現在は自宅で家事をしている。

奈良橋《ならはし》 翔馬《しょうま》

祖父・籐平《とうべい》の遺言で、千紗都と空と共に暮らすことに。バイオリンが得意だったが、千紗都をかばったケガがもとで、その道に進むのを断念した。

江崎日奈美《えざきひなみ》　翔馬の会社の後輩。実家は中華料理屋「日の出菜館」を経営している。

鳥海空《とりうみくう》　元気者な千紗都の双子の妹。翔馬の出身大学の、星和音大に通っている。

安岐山《あきやま》かのこ　翔馬の恩師の娘。あまり感情を表さない。

端本久美子《はしもとくみこ》　隣の家に住む未亡人。千紗都や空とも仲がよい。

柴崎彩音《しばざきあやね》　かのこの父親の秘書。翔馬の過去に関係が…。

プロローグ 千紗都

第3章 日奈美

目次

プロローグ 雪の再会 5
第1章 賑やかな日々 23
第2章 内緒のレッスン 53
第3章 チャイナ・バージン 85
第4章 寒い夜 117
第5章 夢と安らぎ 147
第6章 ふたりの約束 181
エピローグ 桜の再会 213

プロローグ　雪の再会

夕方から降り始めた細かな雪が、薄く積もってあたりをほの白く照らしていた。

葉が落ちて、枝だけになっている並木も白い雪の花を咲かせている。

そうだ、ここは春には桜の花びらが舞う並木道だ。

ずいぶん迷って辿《たど》り着いたが、ここまで来たらもう大丈夫だ。

翔馬《しょうま》はようやく一息ついて車をまっすぐに走らせた。

久しぶりの眺めだ。桜の並木と、石畳の両側に並ぶ家々。賑やかな駅前から少し離れたこの高台には、昔から住む人たちの古い家が多い。古いがどの家の庭先も丁寧に手入れされていて、住人の人柄を感じさせる。相変わらずだな。次の角を過ぎれば、高い石の塀に囲まれた、ひときわ大きな屋敷の屋根が見えてくるだろう。おれが最後にあの屋根を振り返ってこの街を出たのは、もう10年も前になるのか……。

「兄さま」

「お兄ちゃん」

10年前、幼い声で翔馬を呼んだ、双子の姉妹の顔が浮かんだ。顔はもちろんそっくりだったが性格はふたり正反対で、ひとりは男の子のように元気がよく、ひとりはおとなしくて泣き虫だった。

あいつらは、いまも、あの家にいるのだろうか。10年前に別れたきり、一度も帰らないおれのことなど、とっくに忘れているかもしれない。

プロローグ　雪の再会

車は石塀に沿って走った。やがて石の柱のように高い門が見える。翔馬は門の少し手前で車を停めた。キュッキュッと、まだ新しい雪を踏んで歩いた。

門の下に、細い少女の影がひとつ。

翔馬の足音に振り返る少女の長い髪が揺れ、髪にかかる雪が門灯に照らされてキラキラと散った。

「あ」

少女の唇がわずかに開いた。翔馬は少女の前で脚を止めた。

「そんなところで何してるんだ？　カゼをひくぞ」

傘もささずにいる少女に、翔馬は少し呆《あき》れてため息をついた。

「でも、兄が……兄さまが帰ってくるんです」

少女は胸に赤いリボン、淡い紫のワンピースに独特のデザインのエプロンをしている。ちょっと昔のカフェのメイドのようなスタイルだ。この子の、好みなのだろうか？

「10年前、私たちがこの家に引き取られてきたときに、１か月だけいっしょに暮らした兄さまです」

「たったそれだけの短い間で、兄さまなんてまだ呼んでるのか？」

少女は翔馬にほほえみかけた。少し照れたような、嬉《うれ》しそうな顔。

「はい。両親を亡くして、さみしかった私たち姉妹がまた笑えるようになったのは、兄さまがいてくれたからなんです。兄さまは、口では少し意地悪ですが、本当はすごく優しい人……悲しいことがあったときには、そばにいて、そっと頭を撫《な》でてくれた人」

「……」

「本当に大切な、私の兄さま」

少女は翔馬をまっすぐに見つめた。なぜだろう。10年ぶりの再会で、あのころとは雰囲気が変わっていても、翔馬には、少女が双子のどちらであるかがすぐにわかる。

少女の瞳《ひとみ》のせいだろうか？

ずっと変わらず、翔馬だけを熱く見つめる瞳。幼いはずの少女の瞳の真剣さが、ときどき、翔馬は怖いほどだった。

その瞳が、少女の長いまつげでふと伏せられる。

「でも私は……10年前、兄さまとのお別れのときに……」

「もう、昔の話だろ？」

翔馬は笑って少女のことばをさえぎると、肩にうすく積もる雪を払ってやる。

「そろそろ、中へ入れてくれないか？　こんなところで立ち話じゃ、お互い、体が冷えきっちまうぞ」

「はい」

少女はふたたびわずかに頬《ほお》を染めて笑った。

「お帰りなさい。兄さま」

「ただいま……千紗都《ちさと》」


「はい、どうぞ」

千紗都が翔馬にいい香りのコーヒーを差し出した。

「ああ、助かるよ」

翔馬は受け取り、ひと口含む。ほっと体が温まると同時に、心もくつろぐ。食事の味にはさほどこだわらない翔馬だが、コーヒーは好きなぶん少々うるさい。だが、千紗都のいれてくれたコーヒーは、苦みから温度までいい具合に翔馬の好みと一致していた。

大きめの、ゆったりとしたソファに腰をおろして、翔馬は、部屋の中を見回した。

「あのころと、あまり変わらないでしょう？」

横で千紗都が絨毯《じゅうたん》に座って、翔馬を見上げる。たしか

に、でかい家にふさわしい年代物の家具や祖父の趣味だったアンティークの調度品などは、見覚えのある物ばかりだ。だが、窓にかかるカーテンの色はあたたかく、家中にほのかに漂う香りはふんわり甘い。幼い子どもだったこの家の住人が、年頃《としごろ》の若い女の子に成長したことを感じさせる。

翔馬は千紗都と目をかわした。

「あのにぎやかだったオチビちゃんがね。ずいぶん美人になったもんだな」

「ありがとうございます」

千紗都は指を唇にあててくすっと笑った。そう、目の前の、いかにも女の子らしい服装とことばづかいをする少女のほうが、10年前は男の子みたいだった千紗都なのだ。何が千紗都を変えたのだろう。もともと、体はあまり丈夫なほうでなかったから、いまのように家にいて、主に家の中の仕事をするうちに、性格も落ち着いたのかもしれない。あるいは女の子によくあるケースで、体が成長するに従い、中身も変わったのだろうか。あるいは……。

「家の中を見てみますか？　兄さま」

翔馬がコーヒーを飲み終えたのを見て、千紗都がすっと立ちあがった。

ああ、と翔馬は千紗都について歩く。

「ここは、おじいさまの書斎だったお部屋です。少し片づけてベッドも入れましたから、兄さまはこのお部屋を使ってくださいね」

「ありがとう」

書斎には、まだ祖父の愛用していた煙草《たばこ》の匂《にお》いが残っていた。

「迷惑かけたな……葬儀のこととか」

「迷惑なんて……おじいさまは、私たちにとっても実のおじいさま以上の方でした。それに、お葬式では私はオロオロしているだけで、空《くう》や近所の人が手伝ってくれましたから」

「すまなかったな。実の孫のおれが帰らないんで、いろいろ言われたんじゃないのか」

「いいえ。兄さまがお仕事で海外へ行っていたことは、みんな知っていましたし」

それにしても、せめて、もう少し早く帰ってくるべきだったと思う。祖父の籐平《とうべい》は翔馬をかわいがってくれた。翔馬に音楽を教えてくれたのも祖父だった。だが、口が悪くて素直でないのも血筋のせいか、最期まで、翔馬に自分の具合が悪いことを伏せていた祖父。

その祖父が、翔馬に遺《のこ》した唯一の遺言。

千紗都と空をお前に頼む。この家と、お前の妹たちを守ってくれ。

遺言を受け、翔馬はこの家に戻ってきた。できることなら、帰らずに済ませたかったと、いまも心のどこかで思いながら。

千紗都は階段をあがって向かい合う部屋のひとつを指した。

「ここは空の部屋です。いま空は、大学の近くのアパートで独り暮らしをしてるんですけど、兄さまが帰ってくるんなら、明日にでも一度家に戻るそうです」

「そうか。空と会うのも楽しみだな。あいつの泣き虫は、少しは直ったか？」

「……それは、会ってのお楽しみです」

千紗都は、何がおかしいのか笑いをこらえるような顔をした。

「そして、ここが私の部屋です」

もうひとつの部屋のドアを開け、千紗都は、翔馬を中に招いた。


部屋には明かりは点《っ》いていないが、庭に面した大きな窓から、外の明かりが漏れてくる。

雪はいつの間にかやんでいたらしく、雲の切れ間から月が出ていた。

千紗都は窓のそばに立ち、いったん庭を見下ろして、すっと翔馬を振り返った。

「私、兄さまをずっと待っていました。いつかきっと、帰ってきてくれるんだと信じて」

「どうして？」

おれはいつ帰るとも、帰る約束をしたわけでもないのに。

「謝りたかったから」

千紗都は翔馬に近づいて、細い指でそっと翔馬の右手に触れた。

「あの日……兄さまがこの家を出ていった日に、私は……兄さまに、桜の枝をあげようとして……だけど、私は足を滑らせて……そして、私を助けて兄さまは、右手にケガを」

千紗都の声は震えていた。千紗都が変わったのは、やはりあの出来事のせいなのか。翔馬は千紗都の指をそっと払って、かわりに千紗都の肩に右手を置いた。

「右手は普通に動かせるし、たいしたケガじゃなかったろう？　もう気にするな」

「気にします！」

千紗都の大きな目が潤んでいる。

「だって、兄さまの右手は……バイオリンを弾く、大事な右手だったのに」

声をつまらせ、うつむく千紗都の肩はわずかに震えていた。

「なに、どのみち弾いて食っていける才能もなかったさ。それより、あのときはお前もケガしたろ？　たしか……」

翔馬は千紗都の左の胸のあたりに目をやった。無言のまま、千紗都は衿《えり》のリボンをといて、前あきになっている服のボタンを3つ外した。月に照らされた白い素肌に、細い肩、くっきりと浮いたきれいな鎖骨があらわになる。翔馬の胸がズキンとした。いまははっきりとわかるほど震える指先で、千紗都はもうひとつのボタンをあけて、胸を覆う白い下着のホックも外した。ツンと先端が上を向いた、やや小ぶりの乳房がさらされる。そして、左の乳房のやや上に、白くひとすじ、あの日の傷跡。

「まだ……残っています」

千紗都は愛おしむようにそれを指でなぞった。

「この傷跡は消えてほしくない……この傷が消えないかぎり、私と兄さまの絆《きずな》も消えないって思えるから」

にいさま……と、千紗都は唇だけで翔馬を呼ぶ。さっきから目を伏せたままなのは、裸の乳房を翔馬に見られる恥ずかしさのせいなのだろうか。翔馬は千紗都に近づいて、服の胸もとをそっとあわせてやろうとした。が、千紗都は一歩さがってその手を拒み、逆に、袖《そで》を抜き、エプロンをとめたリボンもほどき、着ている服を脱いでいった。

「千紗都……」

思い詰めた表情の千紗都を、翔馬はただ見守るしかない。

スルリと長いスカートが床に落ち、千紗都は白い下着だけを身につけた姿になる。小ぶりの乳房にふさわしい、ほっそりとくびれたウエストに続く平らな腹部。ヒップは丸いが、腰幅はやはり細かった。太腿《ふともも》は白く張りがあるものの、やはり女の子にしては細い。

全体に、もうじきはたちという年齢のわりに、千紗都の体は頼りなげで幼い。その体を、千紗都は震えるみずからの腕でそっと抱いた。

「……最初は、兄さまに逢《あ》って謝りたくて……でもわかったんです。私は本当は、もっと違うことばを、兄さまに言いたかったんだって」

決意したように、千紗都は翔馬を見つめた。10年前と同じ一途《いちず》な瞳。幼い千紗都と初めて会ったときから予感はあった。だが、翔馬が自分を振り返れば、自分が千紗都の純粋さに応《こた》えられる人間だとはとても思えない。だからこの家に戻りたくないとどこかで思い、この瞳から逃げていたのだ。

なのにこの子は、そんなおれをずっと……。

「私は兄さまが好き……小さいころから、ずっと……」

こみあげる思いを押さえきれないかのように、千紗都は翔馬の胸に頭を寄せて、きゃしゃな体をあずけてきた。ふわりとなびく髪からシャンプーの香り。裸の乳房の、震える乳首の先端が、翔馬の体をつついて甘く刺激する。翔馬の腕はしぜんに千紗都を抱いていた。

ああ、と千紗都がせつなく絞るように言う。

「抱きしめてください……抱いてほしい……私のそばにいてください、兄さま……もう、ひとりでは生きられない……」

すがるような細い腕が翔馬の背中にそっとまわった。柔らかな髪を指ですくように撫でてやると、千紗都は甘える子犬のように、頭を翔馬に擦《こす》りつけてくる。心のどこかで、いいのか、おれにこの子に応えられるだけの気持ちがあるのか、というためらいをまだ持ちながら、翔馬の男としての本能は、奪うように千紗都に口づけて、抱いた体をすぐそばにある千紗都のベッドに横たえていた。

「んッ……」

千紗都の眉《まゆ》がわずかに寄った。精一杯、自分なりに荒々しくならないように気をつけながら、翔馬はキスを深くする。小さな口を開けさせて、怯《おび》えているような千紗都の舌をすくって自分の舌を絡めた。おそらく千紗都は、ディープどころか唇を重ねるだけのキスさえ、初めてだったに違いない。そんな千紗都に、おれはこれから、それ以上のことを教えようとしている。しかし、千紗都は翔馬を拒まなかった。苦しそうな顔をしながらも、送り込まれた翔馬の唾液《だえき》を、懸命に、コクリと飲みさえした。翔馬がてのひらで乳房を包むと、触れただけで、千紗都は大きく背中を震わせたが、すべてまかせると言いたげに、両腕をベッドに広げて遊ばせた。翔馬は唇を唇からうなじ、鎖骨の上へとゆっくり這《は》わせた。

「あ……」

胸の傷跡に口づけると、千紗都は涙まじりの声をあげてまた震えた。真っ白で、まだ未熟だがきれいな千紗都の体に刻まれた傷跡。この傷は消えてほしくない、と千紗都は言った。それはまるで傷跡がある限り、この体が翔馬の所有物だという誓いのようだ。誓いに応えて翔馬は白い傷跡に歯をたてる。

「あッ！……あ……に……兄、さま……あ……」

千紗都は痛みにわずかに顔をしかめたが、すぐに翔馬は乳房と乳首を刺激してやり、痛みから千紗都の気を逸《そ》らした。やはり大きいとはいえないが、きれいに真ん中に寄った千紗都の乳房の浅い谷間に手を入れて、ゆっくりと、中心から外側へ撫であげるように揉《も》んでやる。すべすべと柔らかな手ざわりの中に、わずかに、芯《しん》がある固い感触。指を這わすと、てっぺんの乳輪は三角形に浮きぎみで、赤ちゃんの頬のような色の乳首がわずかに上を向いていた。翔馬は左手で左の乳首をはじいて丸め、右の乳首を口に含んだ。

「んん……」

千紗都が左右に首を振る。小さめの乳輪から吸いあげるように乳首を吸って、細くした舌先でていねいに転がすと、すぐに、乳首の感触が変わった。やや大きく、きっちりと性的な興奮を伝えて固い。千紗都の体はいまも震えて、緊張のためか呼吸も速いが、見上げると、眉を寄せて唇をうすく開いた千紗都の顔は、たしかに、乳首を舐《な》められることで感じていた。

「気持ちいいか？」

ふ、と千紗都が何か言おうとするより先に、翔馬の手は、するりとなめらかな千紗都の胴を這い、下着に指をかけていた。

「こ……」

言いかけて、今度は千紗都はみずから唇を噛《か》んでことばを飲んだ。

「怖いのか？」

千紗都はためらいながら小さくうなずく。

「でも……兄さまだから……大丈夫です……」

すでに涙を溜めた目で、千紗都は、息を吐き、体の力を懸命に抜いて、改めてベッドに体を沈めた。残った下着をどうか脱がせてくださいと願っているように、わずかに膝《ひざ》が開いていた。翔馬は、ギリギリで骨が浮かないくらいに肉のある千紗都の腰の両側に指をかけ、下着を太腿からすべらせた。千紗都の女の子の部分が見えてくる。ヘアは控えめ、中心を、わずかに陰らせているだけだ。下腹部はほぼ平らなのに、ヘアの下からのぞく割れ目の両側は、かわいらしくふっくらと盛りあがっている。体つきと同じでここも幼い。翔馬は下着を膝上にひっかけたまま、千紗都の太腿の内側に手をかけ、さらに開いた。

「う……」

どんなに覚悟をしていても、男にそこを見られることが、恥ずかしくない少女などいない。千紗都はかるく身をよじる。翔馬はなだめるように太腿の内側に頬ずりしてやり、中心を、指で左右に広げてみた。

「……あ……」

広げた瞬間、クチュリ、と小さく音がしていたように、千紗都のそこは、翔馬の愛撫《あいぶ》ですでに感じて、濡《ぬ》れていた。赤みのあるピンクの襞《ひだ》はまだ開いてはいなかったが、間から、透明な蜜《みつ》が漏れている。翔馬は指に蜜をとり、襞のてっぺんのクリトリスに塗った。幅の細い襞に比べてクリトリスははっきりした形で丸く、薄い皮をかぶっていた。

「……ウッ……う、あ……ンッ……」

すぐに千紗都は甘い声をあげる。いい声だ。いまいじっているところもいい。全体の形はかわいらしいのに、よく濡れて、いじられるとすぐにクリトリスが固くなり、いやらしく目立って男をそそる。あっ、あっと千紗都が喉《のど》を鳴らすたび、蜜がどんどん奥から湧《わ》いた。

そろそろいいか、と翔馬が割れ目に指を這わせると、ぴっちりあわさっていた襞が、すっと開いて翔馬の指を温かく挟んだ。翔馬はちょっと感心した。純心で気だてのいい少女なことは間違いないのに、千紗都の反応はかなりのものだ。これなら、ただのセックス以上のことを教えても……と、翔馬の心に、一瞬、暗い思いが浮かぶ。

待て、血のつながりはないとはいえ、自分を兄と呼ぶ少女に、それをするのか？　だが、もしも本当に千紗都が、おれにそばにいてほしいと願うなら……。

短い間に、いくつもの思いが翔馬の中をめぐっていた。兄さま、と、目を閉じて千紗都が呼ぶ。長めの腕が、翔馬の背中を求めていた。翔馬は千紗都の髪を撫で、体を抱いて応えてやる。首と背中に千紗都の腕が巻きついてきた。どうなるにせよ、それは、初体験のいまでなくてもいいだろう。翔馬は服をごそごそ脱いで、素肌を千紗都の素肌に重ねた。

「あ」

翔馬のものが、千紗都のあそこに重なっている。初めて知る、熱く固い男のものの感触に、千紗都はまた少し怯え顔になった。が、翔馬がてのひらで頬を包んでキスしてやると、すぐに目を閉じ、肩を動かして息を吐く。

「兄さま……好きです……ずっと前から……兄さまだけが……あっ」

翔馬は千紗都の膝を開かせ、中心に自分をあてがった。開いているが入り口は狭い。本当に入るのかとも思ったが、千紗都の願いでもあるはずだからと、翔馬は、お互いに多少の痛みは覚悟で、千紗都の中に入っていった。

「く、あ……い……ッ……ああ……兄、さま……あああ……」

千紗都の目から、こらえられない涙がみるみる溢《あふ》れた。翔馬の額にもわずかに汗。やはり、処女の締めつけはきつかった。が、熱くみっしりとした感触は、決して痛みばかりではない。力抜け、と千紗都の耳に囁《ささや》きながら、翔馬はさらに深く進んだ。

「ああッ！」

根もとまで、翔馬のものが千紗都を貫いて挿入した。間に、抵抗する何かを破る感覚がたしかにあった。翔馬の下で、千紗都はぶるぶる震えている。処女を失うショックと痛みは、男の翔馬にはわからないが、こんなに細い千紗都では、体の負担だけでもきつそうだ。

「兄さま」

けれど千紗都は、苦しげに息を吐きながら、涙を溜めた目で笑ってみせた。

「私……幸せです……こうして、兄さまとひとつになれて……」

「千紗都」

翔馬の胸に、熱い何かが広がった。お前は、本当におれをずっと想ってくれていたんだな。だがおれは……。

いい。いまは何も考えるな。翔馬は千紗都をきつく抱き、おれにしがみついてろと素早く言って、千紗都の中で激しく動いた。

「ああ！　あ！　兄さま、兄さま、ああ、兄さ、まっ……」

揺すられて、千紗都が必死に翔馬を呼んだ。チサト、と翔馬も息で応える。千紗都の内部が翔馬のものにしがみついて絡むように感じる部分を刺激した。髪がさらさらとシーツに散って、尖《とが》ったままの乳首も揺れる。翔馬は千紗都の膝を胸のあたりまで持ちあげた。女を大股《おおまた》開きにさせて動くと、グッと射精感が高まってくる。

「好きです」

淫《みだ》らな姿になりながら、かすれる声で言う千紗都。お前も言え、ウソでもいいからおれも千紗都が好きだと言ってやれ翔馬。

「……ああっ……」

やがて、千紗都の白いお腹《なか》の上を、翔馬の放ったものが濡らした。だが翔馬は、結局その夜眠りにつくまで、千紗都の思いに応えることばを言ってやることができなかった。

第1章　賑やかな日々

「ダメよ、空」

「平気平気、ちょっと見るだけだから」

ドアの向こうで、コソコソ女の子の声がする。なんだろう。空って、あの空が来てるのか？　こんな朝から。

翔馬はベッドでゆっくりとひとつ寝返りをうった。昔から、朝はあんまり得意じゃない。ましてや昨夜は、思いがけず千紗都を抱いてしまったから……あれから、どうにも気恥ずかしくて自分の部屋へ戻ってきたが、眠りにつくには時間がかかった。後悔のためか、きれいで感度の良さそうな千紗都に対する興奮からか知らないが。

「兄貴。入るよっ」

一応かけたらしい声とともに、カチャッとドアの開く音がした。目をやると、すらっとした細身のポニーテールの少女が、にこにこしながら翔馬を見て、そして、いきなり固まっていた。

「よう」

翔馬は朝一番の涸《か》れた声で言う。

「久しぶりだな。空だろ？　ずいぶん元気になったんだな……昔はピーピー泣いてばかりいたのに」

「あ……あわ……」

少女はまだ張りついた笑顔のまま固まっている。

「どうした？」

「……き……」

きゃあああああーっ！

朝からうるさい悲鳴とともに空は真っ赤になって翔馬の部屋から逃げ出していった。

「バカ！　どうして裸なの？」

去り際に、空の泣きの混じった台詞。ああ。翔馬は毛布からはみ出したものに目をやった。とりあえず朝ダチはしてなかったが、やっぱりダメかね。


「もう！　せっかく朝からわざわざ来たのに、とんでもないもの見せられちゃったよ」

朝食の席で、空はまだ文句を言っていた。

「どうやって寝ようがおれの勝手だろ。昔はいっしょに風呂だって入ったじゃないか」

トーストにバターを塗りながら翔馬も言い返す。空はトーストのほか、千紗都が朝食に並べたサラダやスクランブルエッグをぱくぱく元気に平らげながら、

「いったい、いつの話してるの？　これからはうら若き乙女とひとつ屋根の下で暮らすんだから、そういうデリカシーのないことしないでね」

「空、落ち着いて」

困ったように笑いながら千紗都が翔馬にコーヒーを差し出す。

「サンキュ」

ん、うまい。昨日も思ったが、翔馬が自分でいれるのと同じくらい、千紗都のコーヒーは翔馬の好みにあっている。

「もう。ホントにわかってる？」

空が唇をとがらせる。翔馬はじっと空の顔を見た。なに、と空の頬《ほお》がほんの少しだけ赤く染まった。

「……お前、本当に空か？」

「当たり前だよ！　ボクが空じゃなかったら誰が空なの？」

空はますます唇をとがらせた。翔馬はふっとわざとらしくため息をついた。

「いや。月日の流れってのは残酷だなと思ってさ」

「何それ。ひどーい」

「昔の空は泣き虫で、いっつもおれのあとをくっついてきてかわいかったのに」

お兄ちゃん、お兄ちゃんと翔馬を呼びながら、おろおろ細い脚で歩いている、臆病《おくびょう》な空を翔馬はいまもよく覚えている。あの空が、まさか自分を「ボク」と呼ぶようになるとはね。千紗都が昨日、空に会ってのお楽しみとか言ったのは、こういう理由があったんだな。

「ボクはいまだってかわいいよ。ねー千紗都」

空は千紗都に甘えるように肩に頭を乗せた。千紗都も笑って空の髪を撫《な》でてやる。

「うん、空はかわいいよ」

「双子のくせに何言ってんだか」

翔馬は肩をすくめて見せた。それにしても、空のこの元気の良さや、ぬけぬけと自分をかわいいと言うあたり（いや、たしかに顔だちはかなりのレベルだとは思うが）、誰かをちょっと思い出すな。誰だっけ……まあ、いい。

「ところで空は、今日も大学だろ？　行く前にこっちへ寄ったのか？」

「うん。家にある音楽史の本で、使いたいものがあったから。今日、安岐山《あきやま》教授の講義なんだ」

「安岐山教授か……一度挨拶《あいさつ》に行かなきゃな」

空の大学は、翔馬の出身校でもある星和《せいわ》音大。安岐山は、亡き祖父の古い友人であり、翔馬も世話になっている、いわば恩師だ。いまも昔も、翔馬のためにいろいろと骨を折ってくれるのはありがたいのだが、じつは、会うのは少し気が重い。

「ね、空、そろそろ時間じゃない？」

千紗都が壁の時計を見上げた。空もあっと声をあげて立ちあがる。

「どうしよう、兄貴にかまってたらこんな時間になっちゃった。遅刻しちゃうよ」

「ひどい言われようだな。おれも仕事に行く時間だから、車で送ってやろうかと思ったがやめにする」

「あっ！　ウソウソ！　兄貴の顔見に来てよかった、やっぱり兄貴は頼りになるねー」

空は翔馬の肩に両手をおいて、甘えるようなしぐさをした。

まったく、調子のいいやつめ。


「兄貴はいま、なんの仕事してるの」

大学へ向かう車の中で空が尋ねた。

「雑誌の編集」

「へえ、すごーい」

「いい加減なもんだよ。大手の下請けの小さい会社で、編集部でライターもカメラマンもやるようなとこだから。出してるのもさほど有名じゃない情報誌だし」

「そっか……ボクは、兄貴は音楽関係の仕事してるって、なんとなく、思ってたんだけど。ボクが兄貴と同じ音大へ行ったのも、兄貴のバイオリンの影響だから」

「それはじじいの影響だろ。絵だの音楽だの好きなじいさんだったしな」

「それもあるけど」

「ほら、ここ曲がればあとはもう歩いてもすぐ行けるだろ」

まだ何か言いたそうな空をさえぎって、翔馬は道の端に車を寄せた。空もそれ以上は言わずに車を下りた。ひとりになって、翔馬は運転しながらタバコをくわえ、苦笑しながら煙を吐いた。空のおかげで、朝からすっかりいいお兄さんしていた自分がどうにも気恥ずかしくなって、逃げるように車のスピードをあげた。


編集部の扉を開けるなり、翔馬はやたらハイテンションな声に襲われた。

「あっ先輩、おはようございますーう！　今日もきちんと出社なんですね。昨日お引っ越しじゃなかったんですかあ？　あっわかった、せっかく海外取材から帰ってきたのに、またあたしと1日でも離れるのがさみしくて、ついつい今日も来ちゃったんですねぇー」

「誰と離れるのがさみしいって？」

翔馬はわざと声のほうを見ないで自分の席へ向かった。

「もちろん、あなたの江崎日奈美《えざきひなみ》ちゃんですよー。あ、でもあたしは先輩だけの日奈美になるのはちょっと難しいかもしれませんねぇ。何しろこれだけかわいくてスタイルが良くて、仕事もできるあたしとなると、ちょっと倍率高いですから」

「……」

「なんですか。そのイヤーな目つきは」

丸いメガネの奥の日奈美の丸い目が、じっと翔馬を覗《のぞ》き込んだ。

「べつに」

翔馬はまたすっと日奈美から目を逸《そ》らす。かわいい、は主観によってはかなりいけるし、スタイルも……とくに胸のあたりの発育具合は良好だが、このキャラ相手じゃ倍率0.6でもおれはおりるね。

「それじゃあ、とっとと仕事始めるぞ。出張前に頼んどいた取材と原稿、どれくらい進んだか見せてみろ」

「う……それが……」

それまで元気すぎるほど元気だった日奈美が、急にへろへろと小さくなった。

「仕事のできるヒナじゃないのか?」

「そのう……いろいろと、小さな疑問が重なって……えっと……あっ! なんですかそのゲンコツはっ!」

日奈美は両手をバツにして頭の上に組み、翔馬の攻撃を避けようとした。翔馬は呆《あき》れて話を続ける気にもなれずに、席に座って黙って自分のパソコンを立ちあげる。ひと月の予定だった海外出張は、祖父の死によって短くなったが、だいたいの取材はすんでいた。今日はページの構成を作って、デスクに一度見てもらおう。

「……あのぉ〜……先輩……」

ぽそぽそと日奈美が声をかけてくる。翔馬は原稿のキーを打ち始める。

「すみません……本当に、がんばったんですけどぉ……どうしても、まとめきれないところがあって……その……」

「どこだ。見せてみろ」

しかたなく翔馬は手だけを日奈美に向けて差し出した。

「わあ！　よかったぁ、やっぱり先輩にはあたしが必要ですよねぇ！」

「お前日本語間違ってるぞ……」

まったく。他人を巻き込む元気ぶりといい、それでいてどっか抜けてて危なっかしいところといい……朝、空を見ていて連想したのが誰だかすごくよくわかったぞ。

こんなタイプがまわりにふたりも３人もいたらどうなるんだ、と不安になりながら、翔馬は日奈美の渡した書類に目を落とした。

ぶっ！

「せんぱーい。いきなりコーヒー吹かないでくださいよぅ」

「これが吹かずにいられるか。なんだこりゃ、ほとんど手つかずじゃないか！」

「すいませ〜ん……」

翔馬はがっくり肩を落とした。これが本気で不真面目なら、いい加減追い出すこともできるだろうが、本人は一生懸命やっているし、もともと日奈美は翔馬の教生時代の生徒というのもあってここに勤めているので、じゃけんにできない。

翔馬はしかたなく日奈美を手伝う仕事を先にすることにした。

「これで貸し59な」

「う～……」


その夜、家に帰るなり、翔馬はリビングのソファへどさっと全身を投げ出した。

「どうしたんですか？　兄さま」

千紗都が心配そうに首をかしげる。

「なんだかいつもの倍疲れた気がする」

今日は1日、日奈美のフォローとデスクへの報告をまとめるのに追われて、昼食もロクにとっていない。

「じゃあ、夕食の前に少し休みますか？　お風呂も、お湯をためればすぐ入れますが」

「いや……今日は昼飯もロクに食ってないんだ。すぐ食事だとありがたい」

「わかりました。すぐ温めてきますね」

千紗都はエプロンをひるがえしてキッチンへ向かった。やがて出てきた夕食は、シンプルな肉野菜炒めと玉子スープ。いかにも家庭の味でなつかしく、うまい。

「ところで、空はどうしたんだ？　先に飯食ったらまたうるさいんじゃないか」

「空は、今日もアパートのほうへ帰るそうです。近いうち、こっちへきちんと引っ越すつもりだけれど、いまはアルバイトで忙しいって言ってました」

「バイトなんかやってるのか」

「はい、それも掛け持ちで。お友達に頼まれてるみたいですね」

「見るからにお人好しそうだからな、あいつ」

眉《まゆ》を寄せる翔馬を見て、千紗都が指を唇にあててくすっと笑った。

「なんだ？」

「いいえ。兄さまが空を心配してるのが楽しくて」

「……べつに、心配してるわけじゃないぞ」

「でも、空が戻らないのがさみしそうです」

そう言う千紗都こそなんだかさみしそうな顔をしている。

「千紗都はおれとふたりじゃいやか？」

「あ！　いえ、そういうことではないです……むしろ……」

千紗都はぽっと頬を染めた。いじらしく照れている千紗都を見ると、翔馬の中に、昨夜この少女を抱いた感覚がよみがえってくる。

「おれは、今夜も千紗都とふたりでちょっと嬉《うれ》しいかもしれないな」

「兄さま」

千紗都は、こっくりうなずいた。今夜もＯＫというサインだろうと翔馬は思った。そして、食事と風呂のあとはそのとおりになった。


昨夜と同じ千紗都の部屋。

ベッドの上に座る千紗都の肩を優しく抱くと、細かな震えが、てのひらに伝わる。

「まだ怖いか？」

「いいえ……兄さまですから……怖くはないです……」

がんばって笑おうとする千紗都の唇を、唇で塞《ふさ》いだ。ンッと千紗都が喉《のど》で啼《な》いた。翔馬は薄い三角形の千紗都の顎《あご》を持ちあげてあおむかせ、深くキスしながら体を重ねる。

「ン……ン、ッ……」

ときおり、千紗都は苦しげに眉を寄せるが、翔馬のキスから逃げようとはしない。侵入している翔馬の舌に、おずおず舌を絡めさえした。慣れない動きがかわいらしくて、翔馬はすぐにでも千紗都がほしくなる。が、もちろん今夜が2度目という少女相手に、焦りは禁物。昨夜はさすがの翔馬も緊張したが、今日は、もう少しじっくりと、千紗都に快楽を教えようと思う。

「千紗都」

長いキスから解放し、翔馬は千紗都に低く囁《ささや》く。囁いて、肉の薄い、小さな耳たぶを甘噛みした。あんッと千紗都が首をすくめた。

「くすぐったいか？」

「……いえ……でも、何か……」

「ゾクゾクする感じが、このへんから」

翔馬は千紗都の背中に手をまわし、ひとさし指を真ん中にツンと立てた。千紗都の背中がヒクンと震える。

「こっちへ、すっと下りてく感じするだろ？」

「あ……！」

指先で、背骨をなぞるように撫でおろすと、千紗都はいやいやと長い髪を揺すった。

「嫌な感じか？」

「いえ。兄さまの言うとおり……でも、なんだか……悲しくないのに、泣きそうな気持ちになるんです」

「涙が出そうなときは、ガマンしなくていい。泣くと、気が楽になって早く気持ちよくなることもあるらしいぞ」

「……」

「どうした？」

千紗都は何も言わずに目を伏せたが、翔馬はすぐにしまったと思った。翔馬が女のしくみをよく知っていることに、こっそり傷ついたに違いない。それは、翔馬は大人の男だし、千紗都には言いにくい過去も含めていろいろあるので、いまさら変えようがないことだが、千紗都の純粋な気持ちを思うと……。

「あ……あ、んッ、兄さま……あ……」

翔馬はやや荒々しい手つきで千紗都の服のボタンを開けて、スカートをぐっとめくりあげ、白い素肌と、下着をさらした。千紗都の今日の下着はシンプルなピンクの上下だった。

「兄さま……恥ずかしいです……あの……あ、明かりを」

壁のスイッチへ伸ばそうとする千紗都の手を、翔馬はくいとつかんでベッドに押しつけた。

「千紗都の体はきれいだから、明るいところで見たいんだ」

「でも……あの……」

「大丈夫。慣れれば千紗都も、見られてするほうが感じるようになる」

翔馬は千紗都のピンクのブラに手をかけた。胸の谷間の部分の布地をつかんでぐいといっきに持ちあげる。ぷるん、というより、ふるっ、くらいの控えめな勢いで、ブラの下から乳房がこぼれた。左右の乳房を両手でそれぞれそっと支えるように包んで、下から上へ、中から外へとこねまわすようにして揉《も》んでやる。千紗都は翔馬に乳房をあずけるように両腕をまっすぐ下にして、薄く開けた目を時折あっと開いたり、揉まれる感触を味わうように、睫《まつげ》を伏せてみたりした。

「痛くないか？」

「はい……あ……」

翔馬は指先で乳首に触れた。くりくりと丸めて刺激してやると、柔らかそうに浮いていた乳首が、ピンと固く尖《とが》って勃起《ぼっき》した。先端の赤みが濃くなった。真っ白な乳房の手ざわりが、ほんのわずかにざらついた。乳首をいじられるつよい快感で、かるく肌が粟《あわ》だっているのだろう。翔馬は千紗都の胸にキスした。初めてのときと同様に、千紗都が翔馬のものであるしるしの傷跡に口づけて、つよく吸う。

「あっ……兄さまっ……」

千紗都が涙声になる。目をあげて見ると、やはり、きれいな雫《しずく》が両目の端に浮いていた。

翔馬は乳首に唇を移した。吸ってくださいと突き出されたような形にやや上向きになったかわいい乳首を、小さめの乳輪から口に含んで、ややつよく、出ないお乳を無理に吸い出すようにして味わう。チウチウと、舌と唇をわざと鳴らした。

「あ……ん、い……」

千紗都はもう、体に力が入らない様子で、座っていた腰をすべらせて、ベッドに仰向けになってしまう。まだ腕や膝《ひざ》にまとわりついていた服を脱がせて、翔馬は千紗都のプロポーションをじっくりと見た。寝そべっても、張りのある乳房は左右にだらしなく流れたりしない。細く薄いウエストに続く幅の狭い腰。ブラとお揃《そろ》いのピンクのショーツが、腰骨のすぐ下から下腹部にぴったりとくっついて、柔らかそうな股間《こかん》のわずかな盛りあがりがよくわかる。焦ってショーツを脱がそうとせず、翔馬は、千紗都の膝をたてさせて、すっと両側に開いてやった。

「あ」

ほぼ反射的な反応だろう、千紗都は膝を合わせて翔馬の視線から逃げようとしたが、翔馬はもう、かわいいピンクのショーツの中心が、はっきりと縦線に湿っているのを見てしまっていた。

「う……」

千紗都がまた涙のこもる声をあげ、スンと小さくすすり泣いた。

「恥ずかしいのか?」

千紗都はコクンとうなずいた。涙がふた粒はらりと落ちた。

「いいんだよ。女の子のここはこうなったほうが、男も嬉しいんだから」

あとで気持ちいいし。と、胸の中だけで付け足して、翔馬は、濡《ぬ》れた縦線の上を、中指でくっとなぞってみた。

「ああんっ！」

いきなりびくんと体を折り曲げ、千紗都は激しく反応した。翔馬の指が、敏感なところに触れたせいだ。翔馬はさらにしつこくそこを擦《こす》り続ける。困ったように、千紗都は何度か膝で翔馬の腕を挟んだ。けれど、うん、うんッと体を揺すって声をあげるたび、千紗都の抵抗は少なくなった。やがて、ショーツごしでも翔馬の指が温かく湿り、そこがチュクチュク音を出すころには、千紗都は、しぜんな姿勢で膝を開いて、されるまま、翔馬にすべてゆだねていた。恥ずかしいところを責められていじられる快感が、どんどん、千紗都の奥深くまで染みていき、体も心も開かせているのだ。翔馬は満足してこっそり笑うと、千紗都の前髪をかきあげるように撫でてやる。

「どうだ？」

「あ……の……」

「そろそろパンツ脱がないと、もう洗っても履けないかもな。こんなにグチョグチョの、染みだらけにして」

「あ！　い、や……あッ……」

その染みだらけのショーツを割れ目に食い込ませるように、翔馬はさらに指を動かす。濡れすぎて半透明に近いショーツごしに、もう、膨らんだクリトリスの形が見えていた。

翔馬はそこだけを丸めて撫でた。んん、んんと千紗都は首を横に振る。ふと、翔馬は千紗都に尋ねてみた。

「千紗都は、オナニーでイッたことはあるのか？」

「……え……？」

もうろうとした表情のまま、千紗都は迷うように首を動かした。オナニーということばの意味がわからないことは、まさかあるまい。

「どうだ？」

「……い、いえ……」

千紗都はそっと首を横に振る。嘘《うそ》をついているのではなさそうだ。が、オナニーそのものの経験がないのか、経験はあっても最後まで続けたことがないのかはわからない。だが、翔馬はあとのほうではないかと思う。もとの快感は知っているから、これほど、濡れてくるのだろうし。

「じゃあ、千紗都は今晩初めてイク気持ち良さを知るんだな」

「え……あ……」

翔馬は千紗都のショーツをするする脱がせた。股間の部分をわざとゆっくり、密着したあそこからはがしてみると、予想どおり、布は細く糸をひいて名残惜《なごり》しげに離れていった。これなら、すぐにでもイクだろう。翔馬は、千紗都を全裸にしてしまうと、改めて、きゃしゃな膝を腰骨の外側までぐっと開かせて、何もつけないあそこを丸出しにした。

「に……」

兄さま、と呼ぼうとする千紗都に応《こた》え、翔馬はかるくキスしてやる。

「これから千紗都はどんどん気持ち良くなって、少し、オシッコしたいような感じになる。そうなったらガマンしないで、オシッコするつもりになってみるんだ」

「そんな……」

「大丈夫。本当にはオシッコは出ないから。ま、少しくらいは漏れても気にするな。そのうち、ココがはじけるみたいになって」

翔馬は割れ目に指を挟んだ。千紗都がウンッと唇を噛む。

「体中からすうっと力が抜けて気持ちよくなったら、もうイッてるよ」

「……」

千紗都は戸惑う顔で眉を寄せ、頼りない目で翔馬を見たが、すぐに、決意したようにうなずいた。兄さまが私にすることに、何も間違いはないはずです。そんな、一途な信頼が、翔馬の胸が辛《つら》くなるほどはっきり伝わってきた。

翔馬は薄いヘアをかきわけ、千紗都の割れ目を左右に開く。ツヤツヤに濡れたピンクの肉と、頂上に勃起したクリトリスがある。それを翔馬は包皮ごしに挟んだ。ひく、と千紗都の膝が震えた。挟んだ指を擦り合わせて、間のクリトリスを丸めてやる。すぐに、下からジュクジュクと勢いよく蜜《みつ》が染み出てきた。さらに、包皮の間にわずかに覗いた白い芽に触れると、熱い本気のしるしの蜜が、尻や太腿《ふともも》まで垂れるほど溢《あふ》れ、ああ、はあと千紗都は甘い声をあげる。

「気持ちいいか？」

「……はい……もう……」

「さっき言われたみたいになったか」

「よく、わからない……」

「そうか」

「あっ！　ああっ！」

翔馬は千紗都の股間に顔を埋めて、舌で、濡れた割れ目を舐《な》めてやる。しょっぱいようで生っぽい、少女の味だ。充血しきったクリトリスに舌先を当て、弾いたり、包皮と芽の間に舌を無理矢理差し込むようにしてなぞってやると、千紗都は、腰を揺すって身もだえる。しぜんな動きで、下半身が持ちあがってきた。翔馬はとどめをさすために、クリトリスに歯をたてて甘噛みした。

「ひ……ああッ！　あ、ああ！」

千紗都はぎゅっと両手をにぎり、膝で翔馬の頭を挟む。翔馬はすばやく指を内部に差し込んだ。たしかに、ギュウッと収縮している。千紗都は、翔馬にここを舐められて、初めての頂点を経験していた。

「あふ……」

ヒクつく肉がやや落ち着いてきたところで、翔馬は千紗都の顔をのぞいた。涙をため、頬や鼻の頭まで赤くして、千紗都はぼんやり唇を開いていた。快楽の余韻を味わう顔だ。イッて後悔しているようにも、満足しているようにも見える。千紗都の小さい鼻の頭に、翔馬はかるくキスしてやって、太腿の内側をすっと撫でた。

「いいか？」

「……」

服を脱いでいる翔馬を見て、千紗都も意味がわかったのだろう、まだうつろなまま、首だけでうなずく。翔馬は千紗都の腰を抱えて、自分のほうへ引き寄せた。

「あ……」

蜜でトロトロに柔らかい千紗都のそこに、固くなった先端をあてがって進める。

「あ、兄さ、ま……ッ……あ……う……」

上半身を倒して深いところでひとつになると、ぎし、とベッドがわずかにきしんだ。イッた直後の千紗都の中はとても熱くて、ここにはクリトリスと違う快楽があるかのように、翔馬を包み、締めつけてくる。いい具合だ。翔馬は千紗都の両膝を、乳房の両側にまで広げた。まだ幼さの残る千紗都のあそこに、翔馬の太いものがはめられている。明るい下で、出入りする様子をじっくり見ながら、翔馬は腰を動かし始めた。

「う……ああ……ああ……に……」

千紗都を揺すると、三角形の乳房もふるふる揺れる。触れてみると、乳首はまだキンキンに固く尖っていた。クリトリスもまだ、固いだろう。翔馬は指でクリトリスをつまんだ。

「あああ！　ああ！　あ！」

きつく目を閉じ、千紗都が激しく、甘くあえいだ。

「こうすると、どこもいっしょに気持ちいいだろ？」

「……う……くう……ああ……」

「またどこか、頭がとんでいきそうな気持ちになるだろ？」

「あ、んん、ああ、ああ」

「いいんだよ、女の子はこうされるとみんなそうして気持ち良くなるから、千紗都もうんと気持ち良くなれ」

「うんっ」

千紗都はつよすぎる快感をこらえるように、自分で自分のひとさし指をかるく噛んだ。いい反応だ。翔馬は今夜、男に抱かれる快感を、千紗都にしっかりと仕込むつもりだったから、目標は達成されている。感じろ千紗都。おれの過去や、お前の知らないおれのことなんか、この快楽が、どうでもいいことにしてくれる。

「ん、はあ、ああ、ああっ！」

こらえきれないように指を離して、千紗都が翔馬の頭をつかみ、首を振り、はしたないほど激しくあえいで、あん、あんと甘え啼く声をあげた。熱い息が、翔馬のすぐ耳もとでいくつも弾ける。翔馬の射精感も高まってきた。小さな千紗都のあそこが壊れてしまいそうな勢いで、男のものを、がんがん打ち込み、ああ、と千紗都がひときわ大きな悲鳴に近い声をあげたところで、翔馬も、千紗都の中からギリギリ抜いて、乳房だの、お腹《なか》だの一部髪の毛だのにまで、思い切り、精子のシャワーを千紗都に浴びせた。

終わったあと、ふたりはまどろむように抱き合ったまま、しばらく何も言わずにいたが、やがて翔馬は、のっそりと起きて服を着た。

「兄さま……？」

ぼんやりした声で千紗都が呼ぶ。

「おれは、まだ部屋で少し仕事があるから」

毛布を引き上げ、千紗都の胸の上までかけてやり、額と、唇に一度ずつかるくキスしてやる。

「もう遅いから、お前はもう寝ろ」

「はい」

じゃあお休み、と背中を向けると、その背にそっと千紗都の手が触れる感触がある。

「どうした？」

「……いえ。ただ、兄さまが、本当にこうして、私のそばにいてくれるのが嬉しくて」

「そうか」

翔馬は振り向き、千紗都の瞳《ひとみ》に笑いかけてみた。胸の奥が少し痛くなる。本当は、仕事はべつに急ぎではいない。だが、このまま恋人どうしのように、千紗都といっしょに眠って朝を迎えるというのが、翔馬には、どうにも照れくさい、というか後ろめたいのだった。


――翌朝。

「おはよう兄貴ー」

「なんで朝からお前がいるんだ空……？」

ねぼけ眼で洗面所へ立った翔馬は、当たり前のようにそこにいる空に呆然とした。

「今日も兄貴といっしょに大学へ行こうと思って、朝早く来たんだ」

「どうしておれがお前と今日も大学へ行くんだ？」

「昨日、講義のときに安岐山教授に言われたこと思い出したから。奈良橋《ならはし》君が帰って来てるなら、明日にでも大学へ来てほしいって」

「それで朝からわざわざ来たのか？　おれの仕事の予定はどうなる」

「いい加減なもんだって、昨日の朝、兄貴言ってなかった？」

「……」

あっけらかんと空に言われて、翔馬は返すことばが出ない。

話し声で目が覚めたのか、やっぱりねぼけ眼の千紗都が洗面所へやってきた。そうだ、

「……あれ？　空、来てたの？」

と翔馬は内心ほっと胸を撫で下ろす。

昨夜千紗都の部屋で寝ないでよかった。千紗都の部屋から出てくるところを、うっかり空に見られたりしたら、面倒なことになりそうだからな。

星和音大は学生数は少ないが伝統ある音楽大学で、メインの校舎は、洋館のような赤煉《れん》

瓦《が》づくりの古い建物だ。

「懐かしい？」

校舎を見上げる翔馬の顔を、隣で空が覗き込む。

「まあな。卒業後も、ときどき顔は出していたんだが」

「なら、安岐山教授の部屋も知ってる？」

「ああ。研究棟の4階奥だろ？」

「うん。じゃあ、ボクは一限の授業があるから」

空は翔馬に手を振って、いったん別方向へ走り出したが、すぐに立ち止まって振り向いた。

「ボク、次の週末には引っ越して家に戻るから。兄貴、あいてたら運転手よろしくね！」

「あいてたらな」

予定を入れることにしようと決意して、翔馬は後ろ手を振って空と別れた。

さて。

翔馬は大きく深呼吸して、安岐山のいる棟へ行く。会えばまた、いつものことを言われるだろうな。音楽をもう一度やる気はないか。プレイヤーでなくても、指導者として、関わっていく道はあるはずだ。音楽を過去のことにしてしまうには、君はまだまだ若いじゃないか。

暗唱できるほど何度も言われていることだが、翔馬自身は、安岐山の薦《すす》めに応じる気はない。音楽を嫌いになったわけではない。むしろ今回の取材でも、海外の音楽教育をテーマに各地をまわって、とても有意義な時間を過ごせて、よかったと思う。ただ翔馬には、音楽という多大な情熱を必要とする世界で生きる気力というか、正直にいえば覚悟がないのだ。

という本音も、安岐山には何度か打ち明けているのだが……。

「失礼します」

「おお。来たか。久しぶりだね」

安岐山は広い机で何か洋書に目をとおしていたが、翔馬を見ると、立ちあがって手前の応接セットに案内した。

「鳥海《とりうみ》君から、話はいろいろ聞かせてもらった。籐平のことは、残念だったね」

「はい」

「だが、君が戻ってきてあの屋敷に住むなら、籐平も、きっと喜ぶだろう」

「だといいんですが」

「うむ。ところで、奈良橋君……」

きた。翔馬は安岐山のことばを予想して身構えた。そこへ、ノックの音がした。翔馬の入ってきたほうのドアでなく、奥の、教授秘書室につながるドアだ。

「おお、そうだ。奈良橋君にも紹介しておこうか。入りたまえ」

安岐山がドアの向こうに呼びかける。

「失礼します」

よく通る、だがやや冷たい響きの女性の声がして、秘書室のドアがすっと開いた。

入ってきた相手の顔を見て、翔馬は思わず息を飲んだ。

背中まであるストレートの長い髪。ハイヒールの似合う、タイトミニからのぞくすらりと長い脚。モデル並みのプロポーションの美人だが、その瞳は、声と同じでどこか冷たい。

翔馬と女性の視線がぶつかる。何も言わず、彼女は唇の端だけでそっと微笑した。

安岐山が女性を紹介した。

「今度、私の秘書として来てもらうことになった、柴崎《しばざき》彩音《あやね》君だ。音楽雑誌でエッセイなども書いたことがあるそうだから、奈良橋君も、知ってるんじゃないかね？」

「……は……」

「柴崎です。よろしく」

彩音はきれいに手入れした爪先でさらりと髪を後ろに撫でて、かるく頭をさげて挨拶した。目をあげた、その顔がやはりわずかに笑っている。

彩音……お前が、なぜここに？

翔馬は動揺でことばをなくした。彩音の前に、伏せていた過去の自分の姿が、はっきりと重なって見えたからだ。

第2章　内緒のレッスン

予定どおり、空は週末に引っ越して家に戻ってきた。

「あ、その荷物は奥にそのまま置いてね。あとでボクが開けるから」

「……ったく、おれのだけで引っ越しは懲りてるのになんでまた」

うっかり予定を入れ忘れた自分を翔馬は呪《のろ》った。

「文句言わないの。兄貴が来る前の部屋の片づけは、ボクと千紗都で一生懸命やったんだから」

「へえへえ」

翔馬はわざとおっさんくさい返事をして、おっさんくさく腰を叩《たた》いた。

引っ越しといっても、もともとアパートと家はそれほど遠くない距離なので、動かす荷物はそれほど多くない。アパートも完全に引き払うわけではなく、忙しいときなどはまた泊まるそうだ。

「ふう、だいたいこれで片づいたかな。そろそろ千紗都にコーヒーでも……」

「兄貴っ」

空がいきなり緊張した顔で翔馬の腕にぴょんとすがった。

「あん？　なんだよ」

「い、いま、あのね、奥の段ボールを開けようとしたら。こう、部屋の隅っこのほうを、黒いものが、かさかさ〜って……」

「黒いもの？　ゴキブリか？」

「うっ」

その名を聞くのも嫌、というように空は身を縮めてうなずいた。

「しょうがないな。ゴキブリぐらい自分でなんとしろよ。ただの虫だろ？」

「……でも兄貴も、なんとなく腰がひけてるよ……」

「うるさいっ」

じつは翔馬もゴキブリは大の苦手だ。しかし兄として本当のことは恥ずかしくて言えない。お前やっつけろ、嫌だよ兄貴が、と、空とふたりで押しつけあううち、部屋の隅から黒い悪魔がカサカサカサッと素早く走ってきた。

「いやあああああ！　来ないで、こっち来ないでぇ！」

空は泣きそうな悲鳴をあげて逃げまわる。

「待て！　暴れるとヤツがよけいに興奮する！」

かどうかわからないが翔馬も、つい反射的に空を追うように部屋を走った。

「兄さま!?　空にいったい何を……」

部屋の扉がバタンと開いて、青い顔で千紗都が飛び込んできた。

「おい。妙な誤解するな。ちょっと、ゴキブリが出ただけで……」

「いやあ！　後ろ！　兄貴後ろ！」

「ゴキブリ?」

千紗都はちょこんと首をかしげた。

「兄さまも苦手なんですか?」

「や……まあ、その、なんだな」

「そうですか」

千紗都はくるりと背中を向けて、いったん部屋を出ていくと、すぐに殺虫剤とティッシュを持って戻ってきて、あっさりと虫を処分してしまった。翔馬は棒のように突っ立って、千紗都の素早い行動を見ていた。

「お前、ゴキブリ平気なのか。女なら、見るのもイヤだとか言いそうなもんだが」

千紗都はあっさり笑って言った。

「それは偏見ですよ。ゴキブリっていったってただの虫じゃないですか、カブトムシといっしょです」

「いや。絶対に違うと思う」

翔馬は断固否定したが、千紗都はそうですかとまた笑うだけ。空は、ゴキブリがいなくなってやっと落ち着いたらしくハアッと息をつき、ふたたび部屋の片づけを始めた。

「千紗都って、何か苦手なものってないのか?」

ふと翔馬は好奇心で訊《き》いてみた。

「苦手ですか？……ん〜……目がいっぱいあるものはダメですね。あと、ぬるっとしていて、ふにふにしてるものとかは、想像しただけで鳥肌がたっちゃいます」

自分で自分の腕を抱き、千紗都はかるく肩をすくめた。

「どうやってそんなもの想像するんだ。もっと現実のものでないのか？」

「ありません」

千紗都はきっぱりと言い切った。じゃあ、あとでコーヒーをいれますね、と言って千紗都はまたすたすた部屋を出ていく。しっかりしてるのかワケわからないのか、いまいち、掴《つか》みきれないヤツだ。


「千紗都は、すごくしっかりしてるよ」

あとで空がまじめな顔で言った。

「お料理とかお掃除とか、家のことは千紗都がいなかったらどうにもならないもん。だからボクも、夕食の買い出しくらいは千紗都を助けなくっちゃと思うんだ」

「それはいいが、なんでその買い出しにこうしておれが付き合ってるんだ？」

「家族なんだから、当然でしょ」

「まあそうだが……何か待遇に不平等を感じるぞ……」

ふたりは家の前の道を歩いている。空は手ぶら、翔馬は両手にスーパーの袋を持って。

そこへ、くすくすと生け垣の向こうから笑い声がした。

「あ。久美子《くみこ》さん。こんにちは」

立ち止まり、空がそこにいる女性に挨拶《あいさつ》する。こんにちは、と女性も笑顔で会釈した。

「空さん、おうちに戻ってきたの？」

「はい。しばらくはアパートと行き来すると思いますが。あ、それと」

空は翔馬の袖《そで》をかるく引いた。

「兄貴です。血はつながってないんだけど」

「どうも。奈良橋翔馬です」

翔馬は自分でも愛想なしだと思いながらぼそっと言って頭をさげた。

「兄貴、こちら、お隣の端本《はしもと》久美子さん。ボクと千紗都のお友達だよ。おじいさまのお葬式のときにも、とってもお世話になった人なの」

「いえ、そんな。いつも親しくしていただいてるのに、お役に立てず申し訳なかったくらいです」

久美子はかるく手を振った。

「奈良橋さんのお話は、千紗都さんから、よく伺ってます。こうして空さんといるのを見ても、おふたり、本当のご兄妹みたい」

美人だが、久美子の黒目がちの瞳《ひとみ》はややタレ目ぎみで愛嬌《あいきょう》がある。甘く笑うと、大人の女性独特の色気がほんのり香って、いい感じだ。

「何見とれてんの兄貴」

「え。ばか、久美子さんに失礼だぞ。あの、祖父のことではお世話になりました。今度改めてお礼に伺わせてもらいます」

「いえいえ、本当にお気遣いなく」

空の冷やかしのせいだろうか、久美子の頬《ほお》はわずかに赤い。色っぽいな。じじいの礼じゃない用事で伺いたいぞとつい思ったが、横にいる妹の視線が痛い。それじゃあ、と頭をさげて翔馬は空と家に帰った。

「もう、兄貴ったらやらしいの。久美子さんの胸見て、すっかり鼻の下伸ばしちゃって」

家に着くなり、空はキッチンの千紗都に走って行って告げ口する。

「勝手に話を作るんじゃない」

翔馬は空のポニーテールの先を引っ張った。しかし、たしかに久美子さんはいい胸だった……ウエストの高いスカートだから、豪華な膨らみがよく目立って……って、空のやつ、いつおれの視線をチェックしたんだ。

「兄さまエッチ。でも、久美子さんはたしかにすてきな人だから」

少し拗《す》ねて、それからいつもの顔で笑う千紗都。の、はずなのに、翔馬は胸がチリッとした。久美子の話を聞いた千紗都が、悲しんでいるように思えたからだ。

空がスーパーの袋の中身を開けて千紗都に渡したり、冷蔵庫に食品をしまったりして、キッチンがせわしくなってきたので、翔馬は居間へ引き上げた。それから、カウンターごしにまたちらっと千紗都の背中に目をやった。


その夜、自室で仕事中のところへコーヒーを持ってきた千紗都を、翔馬はすっと抱き寄せた。コーヒーの乗ったトレーは机に置いて、千紗都の髪に顔を埋める。

「どうしたんですか」

「なんとなく。千紗都が欲しくなった」

「兄さま……あ」

千紗都をその場に立たせたまま、翔馬はエプロンの隙間《すきま》から手を入れて、千紗都の服のボタンを外した。千紗都がびくっと体を固くする。温かい、浅めの胸の谷間に翔馬は指を差し込んで、ブラジャーを上にずらそうとした。千紗都はさらに身をすくめ、おずおずと翔馬の手を止める。

「嫌なのか？」

千紗都は首を横に振る。

「でも、あの私……胸が、あの……小さいから……」

「おれは小さめの胸もいいと思うよ」

「……でも……っあ……」

「てのひらにちょうど収まる感じがかわいいし」

「あっ！」

「こうして、ちょっと弾くとすぐ固くなる乳首も感度が良くていい」

「ふ……」

翔馬は、服の中に手を入れたまま、千紗都が感じて、体の力が抜けてくるまで、ゆっくり乳房を触り続けた。困ったように、千紗都はときどき首を横に振りながら、翔馬の愛撫《あいぶ》に身をまかせている。そろそろいいか、と、翔馬が千紗都のスカートへ手を入れようとすると、千紗都は、そっと翔馬の手に手を重ねて止めた。

「どうした千紗都」

千紗都の気持ちはわかっているつもりだ。なんでもないように見せながら、さっきの空の無邪気なことばを、じつは気にしているに違いない。久美子に比べて胸も小さく、久美子に比べて幼い千紗都。でも、おれの言いたいこともわかるだろ？　おれは、そういう千紗都をいいと思うし、欲しいと思うんだ。

「……兄さま……わ、私……」

翔馬に背後から抱かれる形になっていた千紗都が、潤んだ目でそっと振り向いた。そして、すぐに目を伏せ、おずおずと、怯《おび》える手つきで翔馬の股間《こかん》に手を伸ばしてくる。翔馬は少し驚いた。

「私も……兄さまに……」

恥ずかしそうに、だがまじめな顔で言う千紗都。どうしよう。教えてみようか？　とりあえず、風呂には入ったあとだ。千紗都も翔馬に奉仕することを知るのは、悪いことじゃないし、千紗都がそうしたがる気持ちもわかる気がする。

翔馬は千紗都にかるくキスして、それから指でキスしたばかりの唇をなぞった。柔らかな、濡《ぬ》れた小さい唇。

「できるか、千紗都。ここで」

ためらいを少し残しながらも千紗都はうなずき、教えてくださいというようにその場にひざまずく。翔馬はさっきまで座っていた椅子《いす》に腰をおろして、前をくつろげ、自分のものを取り出した。期待で半勃起《ぼっき》状態のそれをすぐ前にして、千紗都の頬がまた赤くなる。

「こうして、根もとに手を添えて」

翔馬は千紗都の手をとり、握らせて、手を重ねたまま何度か上下した。しすぎないよう、先端のくびれたあたりも触らせる。

「ここが、男のいいところだから。舌で舐《な》めたり、先のほうを口に入れて、唇の内側で擦《こす》るようにしてみろ」

「……わかりました……」

千紗都はそっと目を閉じた。そして、翔馬のものの先端にチュッとキスして、まず舌先を、翔馬のいい部分にゆっくり一回り這《は》わせる。刺激自体は中途半端だが、もったいをつけるような動きがかえって新鮮でかわいらしい。首をかしげて千紗都は舌でくびれを舐めた。舐められた先に血が集まる感じ。それから千紗都は、決意したように口を開いて、赤黒い男のものを口に含んだ。んっとわずかに眉《まゆ》をしかめる。

「くわえたまま、中を吸い出すみたいにしゃぶれ。千紗都が乳首舐められるときも、吸われると気持ちいいだろう？　あれよりさらにこれは気持ちいいんだ」

「ウ……」

うなずき、千紗都は翔馬のものをジュッとしゃぶった。いい感じだ。翔馬のものが固くなる。千紗都も翔馬の反応に気づくはずだ。

「あとは、吸ったり、舐めたり、唇をこう」

翔馬はあいている千紗都の手をとって、ひとさし指を自分でくわえ、頭を動かして唇を広げたりすぼめたりして、フェラの基本を教えてやった。

「わかるな？　最初からできなくても、ちょっとずつ覚えればいい」

翔馬のものをくわえたまま、千紗都はまたコクリとうなずいた。そして、ゆっくり、戸惑うように、順番に、舐める、しゃぶる、唇を動かして刺激する、を繰り返す。やっぱりヘタだ。でも、頬を赤くして懸命にくわえる千紗都がかわいい。

「唇が乾いて痛くなったら、唾《つば》で滑らせるといい」

「ン……ん、ンッ……」

千紗都はまた言われたとおりに唾液《だえき》を流した。唇の端から、ズルッと透明な唾液がこぼれて、翔馬のものを根もとまで濡らした。あ、と千紗都が唇を拭《ぬぐ》おうとする。

「いい、千紗都。こういうことは、ちょっとくらい下品なほうが楽しいんだ」

翔馬は千紗都の肩に手を置く。

「……」

あとはもう、千紗都はずっと無言のまま、ひざまずき、ひたすらに、翔馬のものをしゃぶり続けた。翔馬は椅子に座ったまま、ときどき忠実な奉仕をほめてやるように、千紗都の髪を撫《な》でてやる。ズル、ズルッと唾液で唇が滑る音がした。テクニックといえるものは何もない。だが、翔馬のものは満足した。やり方なんか、千紗都なら、何度もするうち覚えるだろう。翔馬は千紗都の顔を離した。

「兄さま……？」

「もういい。千紗都ががんばってくれたから、おれはもう、すぐ、千紗都の中へ入りたい」

「あっ」

小さい子どもにするように、翔馬は千紗都を膝《ひざ》に抱き上げ、太腿《ふともも》をくっと開かせて、スカートの中に手を入れた。

「だめ、兄さま……っ……あ……」

下着ごしでも、千紗都のあそこが濡れているのがよくわかった。男のものをしゃぶって感じたか。やっぱり、千紗都はいい素質がある。これなら、すぐ入れても痛くないだろうと、翔馬は、ショーツの股間の部分を片側に寄せ、隙間から、自分のものを差し込むようにあてがった。

「空が……空に、気づかれてしまいます……」

「大丈夫だよ。空はいま、風呂に入ってるんだろ？　それに一応、服だって着てるし。やばそうだったら、すぐ止められる」

「でも……ッ……あ、ああっ……」

翔馬はゆっくり千紗都の中に侵入した。

「それとも、こうされるともう、途中で止められるのは辛《つら》いのか？」

「うっ……う……」

やっぱり、千紗都の体はいい。隣の美女もいいだろうが、こうして、自分の手でひとつひとつ少女を開拓する喜びは、千紗都でなければ得られないだろう。抱いたまま、千紗都を揺さぶって、下から突き上げるようにしてやると、千紗都はもう、ときどき首を横に振る以外、何も言うことができなかった。だが、翔馬とつながったあの部分は、翔馬が達して、素早く抜いたがスカートの裾《すそ》をうっかり汚してしまうまで、ずっと、熱く翔馬を締めつけていた。

「行ってきまあす！」

「この寒いのに、今日も朝から元気だな、空」

「だって、今日も気持ちいいお天気だよ」

よく晴れた高い空を見上げて空は上機嫌だ。それで今日もおれはお前の運転手かい、と翔馬はぐちぐち言いながら車に向かう。

「あ、待ってください」

見送りに玄関に出ていた千紗都が翔馬を呼んだ。

「なんだ？」

「ネクタイ少し曲がってます。兄さま」

千紗都は翔馬の胸もとに寄って、さっとすばやくネクタイを直した。

「サンキュ」

「あら。おはようございます」

生け垣の向こうからまた声がした。前庭で、久美子が洗濯物を干していた。翔馬と千紗都の光景を見ながら、

「千紗都さんと奈良橋さん、なんだか新婚さんみたいですね」

と、くすくす笑う。えっと千紗都は赤くなり、翔馬も照れてつい千紗都から離れてみた。


「久美子さん、ボクのときは妹みたいだって言ったのに。千紗都だと新婚さんなんだ」

あとで空が、車の中で文句を言った。

「いいじゃないか。妹のほうが本当だろ？」

「でもー」

空は思い切り唇を尖《とが》らせて拗ねている。そういうところ、ガキなんだよ。翔馬は横で苦笑した。が、やはり大人の久美子には、翔馬と千紗都の関係と、空とのそれには決定的な

違いがあることが、雰囲気でわかるのかもしれないと思うと、複雑だった。

「ところで、さっきボク気がついたんだけど」

「何にだ」

内心ドキッとする翔馬。まさか空が千紗都とおれの関係を？

「さっき、久美子さんと話してるときに、ずっとこっちを見てる女の人がいた」

「えっ……そうか？」

千紗都のことでないのを、一瞬翔馬はほっとした。が。

「兄貴、久美子さんにまた鼻の下伸ばしてて見逃したね。髪の長い、ちょっときつい感じの美人だったよ。どこかで見たような気もするけど」

「……」

「兄貴の知り合い？」

「そんな美人が知り合いにいたら、朝からお前とじゃれてないよ」

「ひどーい」

翔馬は笑ってごまかしたが、内心は、さっきよりずっと深刻な冷や汗をかいていた。空の見間違いでなかったら、その美人は、彩音に違いないからだ。

「先輩！　事件です！　スクープです、スクープ！」

「なんだよ、朝からうるさいぞ」

編集部に着くなり走り寄る日奈美を、翔馬は頭をつかんで遠ざけた。もう、朝から事件だなんだは懲りてんだよ。

「そんなこと言っちゃっていいんですかぁ？　今世紀最大の事件なのに」

日奈美はぷっとほっぺをふくらました。そういうところがガキなんだよ。

「それで、何が事件なんだって？」

日奈美は急にシリアスな顔になり、小声で翔馬の耳に囁《ささや》く。

「なんと、あの阪口《さかぐち》デスクに女性のお客さんです。それも美人の」

「へー。それはたしかに珍しい」

「でしょでしょ？　密《ひそ》かに先輩に危険な片思い中と噂《うわさ》のあのデスクですからね」

「なんだその噂は」

「気にしないでください。これは、あたしの中の宇宙で展開されてる物語ですからぁ」

「お前の宇宙は死んでも見たくないな……」

そこへ、奈良橋君、江崎君、と、パーテーションの向こうから声がした。顔を見合わせふたりが行くと、編集長の阪口が、

「これからふたりで取材に行ってもらいたい」

「はあ……」

そこにいた、阪口の客だという女性の顔を見たとたん、翔馬は暗い気分になった。

「テーマは、海外と比べた日本の音楽教育についてだ。奈良橋君のこの前の記事をフォローする形で、専門的になりすぎないようにね。取材先は、星和音大の安岐山教授だ。奈良橋君はよく知ってるだろ？　今日は自宅にいらっしゃるそうだから、こちらの柴崎さんといっしょに向かってくれ」

「奈良橋さんとは、先日お会いしましたわ。安岐山は、奈良橋さんのお仕事をとても高く評価していて、今回の件も、安岐山のほうからできれば奈良橋さんに来てほしいって」

彩音はおだやかに阪口に笑い、微笑したまま翔馬を見た。だがその視線は、阪口に向けたものとは微妙に違う。

「む」

日奈美が翔馬と彩音を見比べて、不審な顔で眉を寄せた。


それから翔馬たち3人は、車で安岐山の自宅へ向かった。

「どういうつもりだ？」

運転しながら、翔馬は助手席を見ないで彩音に言う。

「もちろん仕事よ。まあ、安岐山は仕事の形にして、あなたを呼び出したかったのかもしれないけど。あなた、安岐山の娘さんとも親しいんでしょ？　会いたがってるらしいわよ、あなたに」

「ああ」

翔馬は以前、安岐山の娘、かのこの家庭教師をしていた。人一倍繊細で、おとなしい少女だったが、もう、ずいぶん会ってない気がする。

「だが、おれが言ってるのはそのことじゃない。今朝のことだ」

「先輩と柴崎さんって、前からの知り合いなんですかあ？」

「今朝？　あなた、私がいるのに気づいてたの？」

「妹が見たんだ。あいつは星和の学生だから、お前の顔にも覚えがあったんだろう」

「妹ねえ……」

彩音はいまは本心を隠さない、というように、ロコツに皮肉な顔で笑った。

「なんだか意味深な会話ですねぇ～」

「おれに妹がいたらおかしいのか」

「っていうより、すっかり朝から『お兄ちゃん』してるあなたがね」

「……」

「ひどーい。ふたりして、あたしを無視しないでくださいよぉ～」

後ろの席で日奈美が嘆いた。

「あん？　何か言ってたか、お前」

「コダヌキちゃんの鳴き声じゃなかったの？」

彩音は表情ひとつ変えずに言った。

「うう……世界のアイドル日奈美様をコダヌキとは……柴崎さんは悪い人ですねっ」

日奈美はへこまされながらバックミラー越しに彩音を睨《にら》んだ。彩音はまるで涼しい顔。

シリアスなんだかお笑いなんだか、翔馬はこの場の空気が読めない。なんでもいいから、早く仕事をすませて家に帰りたくなった。


いろいろあったが、安岐山を取材する仕事は無事に終わった。

翌日は休日。

引っ越してから最初の休みで、千紗都と空とどこかへ出かける話もあったが、

「すまない。疲れてるから今度な」

と詫《わ》びて外出を延期した。

「しかたないね。兄貴、年だから。じゃ、ボクはバイトに行ってきます」

「私は、たまってる家の用事を片づけます」

ふたりともあっさり納得したので、翔馬はひとり、部屋のベッドでごろごろした。

じつはまだ、どうにも彩音が気になって、ぱっと出かける気分にならない。

あいつとは、やはり一度、きっちり話をつけないといけないな。

彩音の性格を考えれば、千紗都や空に、翔馬の過去をわざわざ話すとは思えない。が、彩音はとても危ない女だ。千紗都たちのような、純というか世間知らずな少女たちにとってはとくに……。

「兄さま、いいですか？」

ノックとともに、外から千紗都の声がした。おう、と翔馬が返事をすると、いつもの服で、そっと千紗都が入ってきた。

「えっと、じつは……前から、お風呂の蛇口の調子が悪くって……お湯が漏れたりするの、ご存じでしたか」

「ああ。あれか。パッキングがゆるいんだろう」

「それで、もし兄さまがわかるようでしたら、ちょっと見てもらえたらと思って」

「わかった」

「お休みのところすみません」

「いいよ。おれもちょうど何かで気を紛らわせたかったところなんだ」

「え？」

「なんでもない。それじゃ、工具箱あるか？　じじいが古いの持ってただろう」

「はい。すぐ持ってきますね」

　それから翔馬は数十分、無言で風呂場の蛇口に向かい続けた。カランを外し、ゴムの板を捜してカッターで切って、ちょうどいい大きさにしてはめこんで……子どものころ、無心にプラモデルで遊んだときの気分に似ている。ひととおり終わって蛇口をひねって、キュッとしっかりお湯が止まるのを見るころには、いいストレス解消になっていた。

「直ったぞ、千紗都」

　呼ぶとすぐに、千紗都がバスルームに顔を出した。

「ありがとうございます」

「いや、おれのほうこそやってよかった」

「？」

　千紗都は首をかしげてただ微笑した。さて、と風呂場を出ていきかけて、翔馬は、いいことを思いついた。

「なあ千紗都。せっかく風呂も直ったことだし、これから、いっしょに風呂でもどうだ？」

「ええっ⁉　でも……」

　千紗都は、みるみる真っ赤になった。翔馬はさらにいい気分になる。

「いいじゃないか、昔はいっしょによく入ったろ？　……それに、空は夕方過ぎまでいないんだから」

「……そう……ですね……でも、あの」

あんまり見ないでくださいね、と、千紗都は赤い顔のままうつむいた。わかったよ、と翔馬は言ったが、もちろん、見るに決まっていた。


千紗都は髪をまとめるのに少し手間がかかるので、翔馬は先に湯につかっていた。この家は広いから風呂も広い。家族4人が普通に入れるくらいはある。

湯船に沈んで手足を伸ばし、半透明のガラス越しに、千紗都の細い影が一枚一枚服を脱いでいくのを、翔馬はにやにやしながら眺めた。

「失礼します……」

体をタオルで隠しながら、千紗都がそっと入ってきた。まだ湯をかぶってもいないのに、恥じらいのためか、真っ白な肌がもうほんのり赤い。タオルの脇から、乳房のラインが左右それぞれちょっとずつ見えるのが、なんともエッチでいい感じだ。千紗都は洗い場にしゃがんでシャワーを外し、肩からていねいに湯をかける。

「せっかくだから、洗ってやろうか」

翔馬は湯船からあがって千紗都の背後にくっついてしゃがんだ。

「大丈夫です……あ」

翔馬は開いた自分の脚の間に、千紗都の体を挟んでいる。ちょうど、千紗都の尾てい骨のあたりに、翔馬の上を向いたものの先が、つんと当たるのを感じるはずだ。

「おれが洗ってやりたいんだよ。いいだろ？　千紗都は、じっとおとなしくしてればいいから」

翔馬はボディシャンプーを手のひらに泡立て、千紗都のうなじから肩、二の腕を、洗うというよりはっきり撫でた。それから腕と脇の間から手を入れて、背後から、じっくりと乳房を撫でてやる。シャンプーのヌルヌルと滑る手触りと、しっとりなめらかな乳房の手触りがいっしょになって、撫でるほうも、すごく気持ちいい。

「ふ……う、ッ……」

撫でられる千紗都も気持ちいいらしく、早くも甘い息を吐いている。乳首を触ると、あんッと背中をのけぞらせて、そのまま翔馬の胸によりかかる姿勢になった。翔馬は胸の中に千紗都を抱いて、片手で乳首をいじりながら、片手でゆっくり膝を開かせた。

「ここもきれいに洗ってやるよ」

湿ったヘアをそっとかきわけ、指先でクチッと割れ目を開いて、襞《ひだ》と襞の間を指で洗い、プチンと固いクリトリスの周囲も入念に指で磨くようにして揉《も》み、洗う。

「あ……や、あっ……あ……あんッ……」

開かれただけで千紗都は震え、洗われるたびに頭を振ってわずかにいやいやをした。

「だめだな。せっかく洗ってもらってるのに、千紗都がどんどんヌルヌルしたお露をここから出すから、ちっとも洗い終わらない」

「ごめんなさい」

千紗都が半泣きのようにあやまった。翔馬はこっそり笑ってしまう。女の子の恥ずかしいところを男のごつい指で擦って、あやまるのはこっちのはずなのに、洗われて感じることをあやまる千紗都。

「千紗都は素直でいい子だから、ごほうびに、もっと気持ちよくしてやろうな」

「え……」

翔馬は千紗都を抱きあげて、浴槽のふちに座らせた。壁と浴槽の間は幅広のタイルが囲んでいるので、千紗都の小さい丸いお尻なら、しっかり乗せてもまだ余裕がある。

滑らないよう気をつけながら、翔馬は千紗都のきゃしゃな両脚をそれぞれ持ってタイルに乗せて、M字型に大きく開かせた。それから翔馬が浴槽に沈むと、ちょうど、翔馬の顔の目の前に、開いた千紗都のあそこがくる。

「兄さま……あの……」

翔馬にあそこを見せつけるような格好をさせられ、じっさいにアップですべて見られて、千紗都はせつなそうに膝を揺すった。

「よく見えるよ。千紗都のかわいいお豆も、パックリ開いてる下のお口も、その下の、ここも」

翔馬は千紗都の蜜《みつ》を小指の先でちょっとすくって、一番下の、栗色に窄《すぼ》んだ千紗都のアヌスにあててみた。

「いやっ！」

まさか、そんなところを触られるとは思ってもいなかったのだろう、千紗都は鋭い悲鳴をあげて、膝で翔馬を追い出そうとする。許さず、翔馬は肩で千紗都の膝をブロックした。アヌスに指が触れた瞬間、上もいっしょにキュッと縮んで、縮みながら蜜を吹き出す瞬間も見た。いいね。どこも感じる体質らしいし、見られたり、より恥ずかしいことをするのも好きそうだ。翔馬は小指の先をほんの少し、千紗都のアヌスに入れてみた。

「いや、やめて……兄さま、兄さま、お願いです……」

千紗都は本格的に悲鳴をあげる。見ると、せつなく唇を開いたまま、千紗都は息を荒くして、両目に涙を浮かべていた。

「ああ。ごめんな」

翔馬は指をそこから離し、千紗都にキスしてあやまった。

「でも、千紗都は気持ち良さそうだったぞ。これからいろいろ覚えていくなら、ここを使って楽しむことも、知っておくのは悪くない」

「……」

千紗都は視線を泳がせた。そして、

「……兄さまが、それを望むなら」

消え入りそうな声で言う。翔馬は望むともいやとも言わない。

「ごめんな。千紗都を気持ちよくしてやるって言ったのに」

翔馬の望みは、千紗都自身が、自分からそれを求めるような、淫《みだ》らでかわいい少女になることだ。処女を奪い、イクことを教え、フェラのやり方も指導して、少しずつ、千紗都は翔馬の望みどおりになっていく。これから慣らして教えていけば、アヌスの快楽もやがて知るだろう。だがいまは、先の楽しみにとっておこう。

「千紗都が気持ちいいのは、こっちだもんな」

「……あ……！」

翔馬は改めて千紗都のクリトリスをいじって責めた。同時に、襞の間から指を入れ、くいくい曲げて動かした。

「ぅあ、あん、兄さま、あっ」

すぐに千紗都は乱れ始めた。温かい風呂場でやや寝ていた乳首も、たちまちピンと勃起する。翔馬は浴槽に膝立ちして、乳首を口に含んで吸いながら、指をバイブのようにいやらしくうねらせ、千紗都の感じる部分をすべて同時に刺激した。

「あっ兄さま……あ……あ、ああっ……」

千紗都はいい声で啼《な》いていたが、ふいに、ぴくっと身を固くして、必死の様子で翔馬の肩を押しのけた。

「どうした」

何か、本気で困っているような千紗都の顔を覗《のぞ》き込む。

「……あの、私……あの……あの……」

千紗都は閉じた膝をモジモジさせた。その動きで、翔馬はピンときた。

「もしかして、オシッコしたくなっちゃったのか？」

「……」

のぼせて赤い顔をさらに赤くして、千紗都は本当に申し訳なさそうにうなずいた。翔馬は千紗都のアップにした髪をくしゃっと撫でてやる。

「かまわないから、ここでしちゃえよ」

「ええっ⁉　そんな、そんなこと」

千紗都はふるふる首を横に振る。

「大丈夫だよ、風呂場だからすぐ流せるし」

「でも、兄さま」

「おれはちょっと見たいな、千紗都がオシッコするところ」

「……あっ……や……だ……」

そうだ、アナルはベッドでも教えられるが、放尿はここで教えるほうが絶対にいい。翔馬は千紗都の膝をぐっと開いて、わざと尿意がつよくなるよう、敏感な部分を刺激した。

「だめ、だめです兄さま……恥ずかしいです……」

「でもほら、こっちもこんなにグチャグチャだぞ？」

翔馬は蜜があふれる入り口にまた指を差し込んだ。クリトリスとあそこ、オシッコの出口の穴の上下それぞれに、たっぷりと快楽を与えてやる。快楽で、千紗都が羞恥心《しゅうちしん》から解放されて、翔馬にすべてをさらけ出して見せる気になるように。

「兄さま……兄さまぁ」

千紗都は泣いてすがるような声で翔馬を呼んだ。

「そうだよ、おれは他人じゃなくて兄さまだろ？　だから、見られても大丈夫だから」

翔馬は優しく言ってやる。

「ウッ……ああ……あ……」

とうとう、千紗都はこらえきれなくなったらしい。ぶるぶるっと小刻みに震える千紗都を確かめて、翔馬はすっと体を離した。

「ああ……」

チョロロ、と最初少しだけ雫《しずく》が漏れて、続いてジョワッと勢いよく、千紗都のあそこからオシッコが出てきた。一度出すと、もう最後まで出さずにはいられないらしく、千紗都は長く放尿を続けた。翔馬は名残《なごり》のタラタラまですべて見た。薄く目を閉じ、唇も半分開いたままで、千紗都は放心した顔をしている。ずっとはしたなく開いた脚を、閉じることさえできないらしい。だが、諦《あきら》めたような顔の半分は、うっとりと陶酔しているに違いないと翔馬は思う。出し終えたあそこはヒクヒクして、こんな恥ずかしいことをしたくせに、まだ気持ちよくなりたいとおねだりをしているように見えた。よしと翔馬は立ちあがり、すぐに千紗都に挿入した。

「ふ……ああ……ん、あっ……」

千紗都はまるで抵抗せず、すぐに翔馬にしがみついてくる。中が熱い。出し入れしながら千紗都を揺すると、上下する乳房の先端の乳首が、翔馬の胸を微妙に擦った。乳首はもうずっと固いまま。ずっと指でなぶられていたから、もうイキたいに違いない。翔馬も、千紗都に放尿させた興奮と満足感で、すぐにでも出せそうな感じだった。

「いいか？　千紗都……」

「あっ、はいっ、はい、兄さま……ッ……ああ……」

千紗都の中がギュッと縮んで、しがみつく手に力がこもる。翔馬もギリギリまで中でがんばる。千紗都に慕われているのにつけこんで、どんどんやらしいことを教えて、彩音より誰より千紗都に毒なのはおれじゃないかなどと反省するのはあとにして、翔馬は尻に込

めた力をパッと抜いた。千紗都の中からずるりと抜いていく動きとともに、気持ちよく、あの先が割れて精子が解放されるのを感じる。茎をつかんでシャワーのように千紗都の体にそれを浴びせて、翔馬もすっかりのぼせて終わった。

第3章　チャイナ・バージン

「先生……怒ってる？」

ぽそっと声をかけられて、翔馬はえっと我に返った。

「べつに怒ってないが、どうした？」

「先生、難しい顔をしてたから。お父さんのせい？」

不安そうに、かのこが翔馬を見つめている。

「いや」

たしかに今日も、安岐山には「音楽を志す気はないか」と言われたが、気になるのは、あれ以来何も言ってこない彩音のことだった。だがそれは、いまここにいる少女とは関係ない、間違っても関係させたくないことだ。

「なんでもない。ちょっと考えごとをしてただけだ」

翔馬は笑って、ショートカットのかのこの頭にかるく手を置く。

「ごめんな。せっかく、かのこの勉強を久しぶりに見に来たのに」

「……」

「この前は、仕事で教授に会いに来たからあんまりゆっくりできなかったけど、今日は、夕方までかのこに付き合うぞ。勉強でわからないところがあれば、訊《き》いてくれ」

「本当に？」

「ああ」

かのこは無言でうつむいたが、唇の端がわずかにあがって、嬉《うれ》しそうな顔をしている。来てよかったと翔馬は思った。取材のときは日奈美もいっしょだったから、知らない人が苦手なかのこは、挨拶《あいさつ》するのが精一杯のようだった。そういえば、おれが最初に家庭教師に来たときも、かのこはずいぶん恥ずかしがって、慣れてくれるまで大変だったな。音大の受験も、能力はあるのに緊張で失敗して、残念だった。安岐山はいまもかのこを進学させたいらしいが、本人は、どう思っているのかな。

翔馬はノートに英文法を書き写しているかのこを見た。地味な顔だち、体つきも少年のように痩《や》せているが、肌は日本人形のようになめらかで、小さな唇はほんのり赤い。

「先生？」

かのこがまた首をかしげて目をあげた。

「なんでもないよ。かのこはかわいいなと思ってつい見てたんだ」

「……」

かのこは照れたようにまたうつむいた。ことばは少ない少女だが、こうしていると、心がなごむ。あ、そこ訳すときな、と翔馬はテキストを指さした。鉛筆を手にかのこは真剣な顔で聞き入る。飾り気のない少女の部屋に、平和な時間が流れていく。

編集部の柱にかけられた時計が、正午を少し回っていた。

「ふあー……もう昼か」

ずっとワープロに向き合っていた翔馬は、思い切りのびをして肩を回した。

「せーんぱい。今日のお昼はどうしますか？」

向かいの机の書類の山から、日奈美が首を伸ばして訊く。

「いつも行くあたりで適当に食うよ」

「あれれ？　可愛い妹さんたちと同居中でしょ？　手作りのお弁当とかはないんですかあ？」

「ああ……そういえば、ないようだな」

言われてみれば、空はともかく千紗都は作ってくれても良さそうだな。ま、あまり所帯じみるのもどうかと気をつかっているのかもしれないが……ていうか、おれはいつから千紗都に弁当なんか期待するようになったんだ？　この何日か平和が続いているせいで、らしくない自分になっている気がする。

「ああ、かわいそうな先輩！　きっと愛されてないんですよぉ」

「弁当作らないくらいで、なんでそこまで言われるんだ」

「お弁当は氷山の一角です！　きっと家では洗濯物も別、専用のお箸《はし》で摘《つま》むように洗われ、お風呂だってお湯が汚れるから私たちのあとに入って～とか言われて」

「お前、なかなかおもしろいこと言うな」

机の下の隙間《すきま》から、翔馬は日奈美の足を踏んだ。

「ケンカ売るなら買ってやるぞ」

「痛い痛いっ！　違いますよぉ～。愛のない先輩に、あたしの溢《あふ》れんばかりの愛を分けてあげようかと思って」

日奈美は懸命に踏まれた足を外して逃げて、リュックの中から四角い包みを出した。

「はい、これ。冷めてもおいしい本格中華のお総菜がなんと11品。このヒナちゃんが夜なべして、先輩のため、愛情をタ～ップリ詰め込んで作ったんですよぉ？　下ごしらえして、今朝なんかなんと5時起きまでして」

「……そうか……」

あやしいと思うが腹は減っている。包みを開けると、ことばどおりにふわふわしたエビの揚げ物や鶏肉と椎茸《しいたけ》のとろみのついた炒め物など、うまそうなおかずが並んでいた。

「早起きしたのか。悪かったな」

「なーんちゃって！」

日奈美はペロッと舌を出した。はあ？と翔馬は眉《まゆ》を寄せる。

「じつはこれ、うちの実家の日《ひ》の出菜館《でさいかん》のメニューなんです。仕出しでお弁当も始めたんで、お試しアンド宣伝がわりに」

これチラシです、と、日奈美は翔馬にオレンジ色の紙を渡した。

「……まあ、そんなとこだろうと思ったよ」

「新装オープンの日は割引しますから、先輩も食事に来てくださいね。彼女もいっしょに、横浜中華街デートの帰りにぜひどうぞ～」

「いないよ、彼女なんて」

「でしょうねぇ……」

日奈美は同情するようなため息をついたが、

「おい、目が笑ってるぞ」

「バレました？　あ、デスク！　今日のお昼はどうしますかぁ？」

日奈美はすばやく翔馬のパンチを避けて、別の包みを持って逃げた。

やれやれ。

しかし、せっかく割引つきの誘いだし、行ってもいいかと改めてチラシをよく見ると、裏に日奈美の字でメモがある。

「先輩のお弁当は特製で～すぅ。愛情がいっぱい詰まった、日奈美ちゃんスペシャル、絶対においしいですよぉ」

たしかに、弁当はすごくうまかった。

帰宅後、翔馬はさっそく検討に入った。
1　空を誘って、うまい物を食べさせることで料理への意欲を起こさせる。
2　久美子さんを誘って、日奈美に美女といっしょのところを見せつけてやる。
3　かのこを誘って、たまには外の賑やかな雰囲気を味わせてやる。
うーむ。どれもなかなかに捨てがたい。翔馬はワープロに打ち込んだ文章を見つめて頬《ほお》杖《づえ》をついた。日の出菜館のオープンは次の休日だ。

と、そこへコンコンとノックの音。

「兄さま。コーヒーを持ってきました」

「おう。ありがとう」

翔馬はあわてて画面の文章をデリートする。やっぱりいまのおれとしては、1から3のどれでもない選択をするべきなんだろう。

「お仕事のほうは大変ですか？」

千紗都は、このごろさらに改良を加えたというコーヒーを、翔馬の机にそっと置いた。

「んー……仕事のほかにも、安岐山教授にレポートをひとつ頼まれてな。この間の海外取材で、いろいろ取材先に口をきいてもらった恩があるから、断れなくて」

「大変ですね。私では、お手伝いできないのが残念です……」

「気にするな。それより千紗都、こんどの休みにメシでも食いに行かないか？」

「えっ？　いいんですか？」

千紗都の瞳《ひとみ》がとたんにキラキラ輝いた。

「もちろんだ。じつは、割引がある店があってな」

翔馬は日奈美にもらったチラシのことを千紗都に話した。千紗都はキラキラ目のままウンウンとうなずいて、

「やった～！　嬉しいです。兄さまとデートなんて夢のようです」

ことばの最後にハートマークの勢いでかるく飛び跳ねた。

「デートってほどかな？　大げさなヤツだな」

「だって、嬉しいんです。ああ、たったいまからすごく週末が楽しみです」

千紗都は両手を頬にあて、乙女チックなしぐさで笑った。気恥ずかしいが、千紗都には似合うかわいいしぐさなので、翔馬はつい、千紗都にかるくキスしてしまった。あっと千紗都が頬を赤くして、とろけるようにまた笑った。


千紗都の願いがかなったのか、週末はすぐにやってきた。

「兄さま！　早く起きてください、早く早く！」

「うーん……何もそんなに焦らなくても……」

千紗都に毛布の上から揺すられて、翔馬は寝ぼけた声で答える。

「だって、こんなにいいお天気ですよ！　いまの時期にしては暖かいし」

はしゃぎながら、千紗都は翔馬の部屋のカーテンを開け、もう朝食はできてますからね
とスキップした。翔馬はもぞもぞと起きあがり、頭をかきながら洗面所へ向かう。

「なんだか、今日は朝から機嫌いいね、千紗都」

朝食の席で、空が不思議そうに翔馬に話しかけてきた。

「さあ。何があったんだろうな」

翔馬は一応とぼけておく。しかし、いまの千紗都にそのへんの微妙な駆け引きを期待す
るのはムダらしかった。

「あら、兄さまのおかげですよ」

「え。兄貴がどうかしたの？」

「あのね。今日、兄さまと、お出かけなの」

一瞬の間。

「へえー……デートなんだ？　兄貴」

「いや、あのな。じつはこれこれこういうわけで、べつにデートというほどのものじゃ
い、痛い。なぜこんなに冷や汗が出て胸が痛む、おれ。

「いいなあ千紗都は。ボクも、バイトがなければ行きたかった」

空はかるく唇をとがらせたものの、すぐにいつもの顔で笑った。

「バイトなのか？」

「うん。友達に、急に代わってくれって頼まれちゃって」

「そうか」

翔馬はつい、ほっとした声を出してしまった。

「でも、今度はボクも誘ってね。お・に・い・ちゃん！」

笑顔のまま、空はばちーんとつよい力で翔馬の肩に手を置いて、行ってきます！とそのまま早足で玄関から出ていってしまう。翔馬はがっくりと脱力した。

「あ、空、もう出かけちゃったんですね。……兄さま……顔色悪いようですけど、どうしたんですか？」

どうしたんですかじゃないよ。翔馬は少々恨みがましく千紗都を見たが、千紗都は、本当にこの何日か楽しそうで、いまも嬉しさをこらえきれないという様子がありありなので、翔馬はもう、余計なことを言うのはやめた。

空は、本当に今度、きちんとフォローしてやろう。今日は、千紗都と楽しもう。

「それじゃ行くか」

「はいっ」

それからふたりは横浜へ出て、午前中、翔馬は千紗都の買い物にずっと付き合わされた。

「わあ、あれかわいいです。兄さま、ちょっと見てもいいですか？」

「兄さま兄さま、この色とこの色、お部屋に置くならどっちの時計がいいと思いますか」

家にいるときよりずっと元気に、あちこち翔馬を引っ張る千紗都。無邪気な姿を見るのはいいが、世の中の大多数の男と同様、翔馬も、女の買い物のお供なんかするもんじゃないと後悔した。

「はい、コーヒーです。今日は缶入りで申し訳ないですけど」

ベンチでへたっている翔馬に、千紗都がすっと温かい飲み物を差し出した。受け取る翔馬の横に座って、紙袋を抱えた千紗都もひと休み。

「空もいっしょだったらよかったですね」

「……それはどうかな……」

ひとりの買い物でも持てあましてるのに、ふたりに付き合わされたら死ぬぞおれは。

「でも3人なら、お買い物よりも、みんなでお弁当を持ってピクニックに行きたいですね。小さいころ、空とよくお庭で遊んだんですよ」

千紗都は懐かしそうな目で遠くを見た。

「ヒマだったら、付き合ってやらないこともないぞ。暖かくなったら、花見も兼ねてな」

「はい。そのときは空もいっしょに」

千紗都は何度も何度もうなずいた。外の空気はまだ寒いが、そんな千紗都を見ていると、春がもう近くまで来ている気がする。

「よし、それじゃあそろそろ行くか」

翔馬はコーヒーを飲み干して立ち上がった。はい、と千紗都もついてくる。

「味はともかく、あいつの店じゃあ何が起きるか不安だがな……」


「ああ～！　先輩！　いらっしゃいませぇ～っ」

赤い格子のそれらしい扉を開けたとたんに、店の奥からひときわ高い声がした。

「よう……って、なんだその格好は？」

翔馬のところへやってきた日奈美は、ボディにぴっちり張りついた、金色っぽい赤のチャイナドレス。翔馬は思わず一歩あとずさる。

「えへへ……どーです、看板娘らしく、セクシーだと思いません？」

「……まあ」

前からあるほうだとは思っていたが、チャイナだと、体つきのわりにでっかい胸がひときわ目立つ。スリットからは、白い脚がギリギリまでチラチラ目に入る。テーブルについた男の客が、さっきからみんな日奈美をチラチラ見てる。

「なかなか、似合ってるんじゃないか？」

「惚《ほ》れ直しちゃいましたね」

「もともと惚れてないぞ」

「また。先輩ったら、照れちゃって。ウ・ブ」

日奈美はひとさし指をくるくる回してウインクした。翔馬は日奈美をわざと無視して、店の奥のあいたテーブルに座って千紗都を呼んだ。あれ、と日奈美が首をかしげる。

「前に言ったろ？　妹みたいなのと暮らしてるって。双子の姉のほうで、千紗都だ」

「初めまして」

ややはにかみながら、千紗都は日奈美に笑いかけた。日奈美も笑って、

「どうも、江崎日奈美ですー。千紗都さん、先輩の妹さんにしては可愛すぎますよー」

「いいからお前は仕事に戻れ。メニューはおまかせでいいからな」

「はいはい。それじゃ、ゆっくりしていってくださいね」

日奈美はくるりときびすを返して、いったん店の奥に去った。

「やれやれ、うるさいやつだ」

「でも、日奈美さん、兄さまが来てすごく嬉しそうです。……私、いっしょじゃないほうが良かったかも」

「何言ってんだ。あいつとおれはそんなんじゃないよ。お、さっそく料理が来たぞ」

運んできたのは、日奈美よりも少し地味めだが、色っぽいチャイナドレスの女性。

「お待たせしました。中華ふうオードブルの盛り合わせでございます。奈良橋翔馬さんですね？　わたし、日奈美の母の奈緒子《なおこ》です。いつも日奈美がお世話になって」

「あ、どうもどうも」

ずいぶん若いが、母親なのか！　翔馬はついびっくりして奈緒子を見た。

「今日はじゃんじゃんサービスしますから、たくさん食べてくださいね。妹さんも」

「はい。ありがとうございます」

翔馬たちはさっそく料理に手をつけた。中華ふうの先の尖《とが》らない箸は少々使いにくいが、料理は本格的ですごくうまい。続けて、若鶏のレモンソースだの、エビのマヨネーズ揚げだのと、スタンダードだが絶対うまい系のメニューが次々とテーブルに運ばれてくる。

「日奈美の父の日出夫《ひでお》です。娘が本当にお世話になって」

「どうもー、弟の卓《すぐる》です。いつも姉から話は聞いてます」

運んでくるのはみんな日奈美の家族だった。どうも、翔馬の顔を見るために、わざわざ交替で来ているらしい。

「すみませ～ん、みんな先輩にすごおく興味があるみたいでぇー」

日奈美が豚の角煮をテーブルに置いて言う。日奈美が日頃《ひごろ》、家族に自分のことをどう言ってるのか気になるが、答えを知りたくないので訊かない。

「もう少し忙しい時間が過ぎたら、改めてご挨拶しますから」

「いいよ、おかまいなくって言ってくれ」

しかし結局、翔馬と千紗都はメインからデザートまで破格のサービスを受けたあと、日奈美の家族に紹介されて、気がついたら店を手伝わされたあげくに昼間っからの宴会に混ぜられていた。

「いやあ、奈良橋君が日の出菜館をついでくれたら安泰だなあ！」

「日奈美って言わずに、あたしと結婚してくれてもいいわよ！」

「あの、どうしてそんな話に」

「じゃあ僕は千紗都さんをお嫁さんにもらうから、みんなして兄妹親子だね！」

「いや、あの……」

日奈美同様、ハイテンションな家族のどんちゃん騒ぎに巻き込まれ、やっと解放されたときには、あたりはす

でに夕方になっていた。

「はあ……疲れただろ千紗都」

店を出ると外は寒かったが、いままでの熱気のおかげで空気が頬に気持ちいい。

「少し。でも、父さまや母さまがいるおうちって、こんな雰囲気なのかなと思うと、楽しかったです」

「……」

「あ、もちろん私にはおじいさまがいたし、いまは、空も兄さまもいますから、さみしいと思ったことはないですが」

にっこり笑って、千紗都はそっと翔馬の手をとった。

「そうか」

照れくさかったが、翔馬も千紗都の手を握り返してみる。いろいろ大変な1日だったが、なかなかにいい休日だった。

夕暮れの光で、中華街のエキゾチックな街並みがきれいだった。


数日後。

「……遅い」

編集部で、翔馬はひとり、いらいらしながら日奈美からの連絡を待っていた。

来月からコラムを頼んだ作家との最初の打ち合わせ。翔馬がデスクに「そろそろ江崎にひとりで行かせてもいいんじゃないですか」と薦《すす》めた仕事だ。日奈美は張り切って出かけたのだが、午後一番に出て、もう夕方過ぎ。携帯を呼んでも返事がないし、長引くにせよ直帰にせよ、なんの連絡もないのはおかしい。

まさか、また何か失敗して、連絡しようにもできないんじゃ……。

日奈美なら有り得るだけに心配だ。デスクに日奈美を薦めたのは自分だし――じつは、日の出菜館でのサービスで、千紗都と楽しく過ごせたことへの密《ひそ》かな礼のつもりもあったりするので、よけいに翔馬は落ち着かない。

しかたない。用事のふりして、作家さんのところへ電話してみよう。

と、翔馬が机の上の受話器をあげる直前に、すぐそばに置いていた携帯が鳴った。

「先輩ですか？　ヒナですけど……」

珍しく、すっかり弱気な、困り切った声。やっぱり、と翔馬はため息をついて、

「怒らないから言ってみろ。いったい、なんの失敗をしたんだ」

「その……それが……」

あたりをはばかるような小声で、日奈美は翔馬に報告した。聞いて翔馬は自分の顔がはっきりこわばり、背中に汗が流れるのを感じた。

「すぐ行く」

短く言って、翔馬は編集部を走り出た。


「すみませぇん……本当に、ご迷惑かけてぇー」

「もういい。おれも迂闊《うかつ》だったんだ」

「でもぉ……お店の払いまで先輩にさせてぇー」

「安心しろ。領収書はとってあるから経費にする」

「よ、さすがっ！　編集の鑑《かがみ》っ！」

「いてて。叩《たた》くなら少し手加減しろ」

合流してから数時間後、ふたりは、フラフラになって夜の街を歩いていた。

「でも本当に……先輩が来てくれてよかったですぅ」

打ち合わせ先で、日奈美は作家にしつこいセクハラを受けていた。最初作家は、長々と自分の昔の女自慢などしたあげく、君スタイルいいねなどと褒めていたらしい。が、やがて日奈美の肩に手がまわり、おっととふざけて胸を触って、立場上、日奈美がつよく抵抗できないことを知りながら、あちこちイタズラされたという。

「向こうがどんどん本気になって、もうどうしようかと思ってお手洗いへ立つふりして、先輩に助けを求めたんです」

そして、翔馬は慌てて作家宅へ駆けつけ、作家を接待すると言って酒の席へ連れだし、作家が潰《つぶ》れるまでいっしょに飲んで、ふたたび自宅へ送ってきたのだ。もちろん、日奈美と作家の間にどっかり座って、作家を持ち上げ、小説談義をかまし続けて、スケベ心を牽《けん》制《せい》しながら。

「だけど、さすがに先輩ですねぇ。お酒で潰せば、怒らせないでうまく逃げられますからねー。あたしもそうすれば良かったかな」

「やめとけよ。酔った男が相手じゃさらに危なくなるだけだし」

第一、日奈美の酒グセの悪さは、入社歓迎会で酔った日奈美が店のアベックに絡みまくり、あとで翔馬たちが店中に頭を下げるはめになったときからの折り紙つきだ。

「でもぉ、お酒でも入れれば、エッチされても別にいいや～って思えましたよ。べつに、処女だっていうわけでもないし」

「へえ、そうだったのか。物好きな男もいたもんだな」

「物好き」

日奈美はふと立ち止まって目を伏せた。しまった、傷つけたかと翔馬は一瞬後悔したが、

「物好きかどうか、先輩も試してみますかぁ？　あ。ほらあそこに都合よくホテルが。ようし、オヤジ作家から助けてもらったお礼です！　行きましょう先輩、レッツホテル！」

ハイテンションで日奈美はいきなり翔馬の腕をぐいぐい引っ張り、人が振り返るのもかまわずに、ホテルの入り口がある路地へ向かった。

「おいおい」

知らないぞ。いくらお前とおれの仲とはいえ、一応は、男と女なんだから。


ラブホテルのフロントだというのに、日奈美はチェックインお願いしますとおばさんに言った。部屋に入ると、無言でダブルベッドの端に座って、翔馬がネクタイを緩める間、チラチラと、横目であたりを観察している。

「シャワー使うか？」

「え！　ああ、そうですね、シャワーシャワー、シャワーしないとですよねぇ」

「……まあ、おれは女の子のそのままの匂《にお》いも嫌いじゃないがな」

「あ！　そうですか、じゃあシャワーやめましょうかね、あははは」

「……」

翔馬は、無言で日奈美をベッドにあおむけに倒した。

「あ。あの。先輩……あ、わっ」

さらに無言で日奈美の愛用しているボーダーのシャツをめくりあげ、ブラだけの素肌を露出させる。うっ。でかっ。鎖骨の浮いた、細めの体つきのわりに、日奈美の胸はそこだけ柔らかい肉をくっつけたかのように豊かで、ブラで押し上げられた谷間が深い。翔馬は本能を刺激され、いきなり谷間に鼻先を入れた。温かく、甘いようなしょっぱいような女の子独特の匂いがする。鼻から顔全部が乳房の間に埋まって沈んでいくようなすっぽり感。そのまま背中のホックに手を回して、翔馬は、日奈美のブラを外そうとした。

「や……いやっ」

日奈美は体をひねって逃げる。ベッドの上にうつぶせになった。翔馬は、今度はその腰をつかまえて、スポーティな紺《こん》のショートパンツのベルトに手をかけ、あっという間に脱がせてしまった。パンツの下のやや薄手のタイツも、むきっとめくって膝《ひざ》まで下げると、白い小さいショーツで隠した、日奈美のお尻がプルンと揺れた。こちらは胸ほど豪華ではないが、千紗都の幼い腰つきに比べれば、ぐっと肉づきがよくて幅も広い。翔馬は日奈美のお尻を立てさせ、自分に向けて突き出させた。ここの割れ目に何か挟んで入れてくださいとねだっているような、下品で、刺激的なポーズだった。

「やだ……お願い……嫌です、先輩、こんなのいやぁ」

翔馬にお尻を向けたまま、日奈美はグスグス泣き声をあげた。丸いふたつのお尻の山が、日奈美が泣くたび、ふるふる揺れた。

「いいじゃないか。処女だってわけでもないんだろ？　物好きかどうか試す遊びなら、うんといやらしくしたほうがいいぞ」

「……う……」

四《よ》つん這《ば》いのまま、日奈美は枕《まくら》に顔を押しつけて、何度も首を横に振った。

「意地悪です……先輩……わかってるくせに……あたし、本当は、初めてだって……」

「……まあな」

ホテルに入ったときからの態度で、そんなことだろうと思ってたよ。

「初めてのくせに、なんだっておれなんかいきなりホテルに誘ったりしたんだ」

「だって。わかんないですか」

日奈美は枕から顔をあげ、ベッドに座り直して翔馬を見た。翔馬はこの前の弁当に添えられた、日奈美のメモを思い出した。もしかして、こいつ？

「……あたし、先輩が教生であたしが生徒で、学校で会ったときから、本当は……あたしが雑誌の仕事に興味持ったのも、いまの編集部に来たのも、みんな、先輩のそばにいたかったから。先輩は、鈍くて、気づかなかったみたいだけど」

悔しそうに日奈美は上目づかいで翔馬を睨《にら》む。悪かったな。

「でも、前から先輩には、どこか、あたしにはわからない影みたいな部分があって……だからあたし、あたしを振り向いてくれなくてもいい、そばにいられるだけでもいいって、幸せだったんです。だけど、この前日の出菜館に先輩が来てくれたとき、いっしょにいるかわいい千紗都さんを見て、あたし……」

日奈美はわずかに唇を歪めた。メガネの奥の目に、また涙が浮いた。けれど日奈美は涙を振り払うように首を振り、何度かスンスン鼻をすすって、無理に笑った。

「だから、せめて初体験くらい、先輩にお願いしてみようかなって」

「ヒナ」

「あっやっぱダメですかね、迷惑で物好きですかねぇあたしじゃ……あっ」

翔馬は、改めて、今度は優しく日奈美をベッドに横にした。それから自分も服を脱ぎ、日奈美に体を温かく重ねて、背中のブラのホックを外してやる。

「あっ」

「大丈夫だよ。今度は、初心者用に、怖くないようにしてやるから」

物好きだなんて、とんでもない。じつはさっきからこのオッパイにやられっぱなしだよと思っているが、日奈美と自分の今後のためにも、そのへんは胸にしまっておく。

翔馬は少し日奈美の背中を反らさせて、乳房を突き出させる格好にした。日奈美はぴくっと震えたが、翔馬のすることを信じているのか、黙って、乳房を翔馬の視線にさらしている。白く大きな乳房のわりに、日奈美の乳輪はピンクの楕円形《だえんけい》で小さく、乳首はちょっといやらしく大きめ。こういうオッパイは、でかくてもかなり感度がいいはずだ。ゆったりとした重みを楽しみながら、翔馬は、てのひらにあふれる日奈美の乳房を両手で持ちあげるようにして抱え、少しずつ、強弱をつけて柔らかく揉《も》んだ。

「ん、あ……あんッ」

寝ている乳首を指でつまんで、引っ張って、乳輪から擦《こす》りあげるようにして勃起《ぼっき》させる。乳首はすぐにまっすぐ上を向いて固まった。ピンとした乳首のまわりに色を集めるように乳輪も濃くなり、縮まった。翔馬は両側から乳房を寄せて、谷間に何度も頬ずりし、左右交互に乳首を吸った。どっちのオッパイもおれのものだと、がんばる赤ちゃんみたいな気分になって、ジュウジュウ、乳首にしゃぶりつきながら、もっとオッパイがよく出るように（といっても実際は出ないのだが）、舌で念入りに乳首をなぶり、ときどきは、前歯と奥歯の間で挟んで、甘く噛《か》み噛みして味わった。

「ふ……ああ……だめ……すご、先ぱ……」

日奈美はうっとりした声をあげ、翔馬の髪をまさぐった。

「これがいいのか？」

つぶやいて、翔馬はまた歯で乳首を楽しむ。弾力のある、いい乳首だ。

「んはあっ……すごい……変な感じ……」

「こうされてると、オッパイだけじゃなくって、こっちも」

いいだろ、と言いかけて、翔馬は日奈美のショーツの股間《こかん》へ片手を伸ばした。お。触れてびっくり、日奈美のあそこはもう、ショーツごしにおもらしのレベルで濡《ぬ》れていた。

「や、恥ずかしいっ……すみません……あたし……」

「いいよ。だけど、いやらしい子はちょっとおしおきしてもいいかな」

「え、あ……あんっ」

ショーツをスルリと脱がせながら、翔馬は、日奈美をふたたびうつぶせにした。さっきの日奈美の四つん這いポーズがよかったので、もう一度あの格好をさせたい。そういえば、千紗都とはまだあまり大胆な体位を試してないな……。

「だめっ……」

日奈美は少し恥ずかしそうに、高くあげたお尻をモジモジ振った。けれど、心から抵抗しているようでもない。たぶん、日奈美のことだから、男との経験はないにしろ、オナニーくらいは知っているだろう。こんなふうに男にここを見られることも、想像したことはあるはずだ。翔馬は日奈美のお尻の肉を左右に開き、間のキュンと窄《すぼ》まったアヌスや、すでにヘアがぺったり両側に張りつくほどに溢れて濡れたあそこを見た。クリトリスが、肉襞《ひだ》の間で困ったように勃起して、赤く、まん丸に充血していた。

「ヒナはきっと、ここの気持ちよさは知ってるな」

翔馬はお尻のほうから手を入れて、2本の指でクリトリスをつまむ。

「あ、ひ……んあっ！」

日奈美は下半身全部を震わせて、お尻を振って反応した。やっぱりだ。それなら、こうして指で割れ目を開いて、なるべく皮を剥《む》くようにしながらいじると、さらにいいことも知ってるだろう。

「あぁっ……い、あっ……すご……せんぱ、い……あぁ……」

「そうだよ。ヒナのここをこんなにしてるのは、オナニーじゃなくて、おれの指だよ」

「うぁあっ！」

日奈美は翔馬のことばにひどく興奮したらしく、ぶるぶるぶるぶる何度も震えた。それからウンッ、えんッと何度も大きく腰を揺すって、太腿《ふともも》を擦りあわせるように、開きぎみだった膝を閉じてしまう。

「イッちゃったのか」

「……だって、エッチなこと言うから……先輩が……」

「エッチなことばでイクなんて、ヒナはちょっとMの気があるのかもしれないな」

「そう、かな」

「だったら、このままの形でしてみるか？」

「えっ……あっ……」

翔馬はバックスタイルのままで、日奈美のあそこに自分の股間を押しつけた。濡れ具合もかなりいい感じだし、このまま入れてもいけそうだった。日奈美はメガネの顔のまま、潤んだ目で翔馬を振り返る。不安そうだが、嫌がりもしない。翔馬は日奈美を安心させようとほほえみかけて、そのままゆっくり、日奈美の中に入っていった。

「ん、ああッ……あ……い……」

日奈美はシーツをつかんで耐える。翔馬は日奈美の背中に上半身を重ねて倒し、背後から、髪を撫《な》でたり腕を支えたりしてやった。

「もっと力抜け。息吐いて」

「……はい……は……あ、ああっ、うあ……！」

日奈美が素直に一瞬力を抜いた間に、翔馬は、ズルッと奥まで一気に入れた。途中、たしかに日奈美の処女膜らしき抵抗があったが、容赦なく、翔馬はそれを破って突き進んだ。アウと日奈美が肩をそらした。抱きついて、日奈美の中に入れながら、翔馬は背後から乳房をつかむ。乳房が熱い。心なしか、最初に触れたときより張りがある。快感でいっぱいに膨れたみたいだ。翔馬は手を上下に動かして乳房を揉んで、下半身は、日奈美の奥を何度も突いて、日奈美の全身を揺すってやる。ああ、ああ、

と日奈美は揺すられるリズムにあわせて声をあげた。おそらくオナニー経験はあるとはいえ、まだ、本物の太い男のものはきついだろう。翔馬もきつい。千紗都のときもそうだったが、処女の締めつけ、抵抗感は独特だった。だけど、女にこれを最初に教えた男になる気分は悪くない。処女が嫌いな男もいるが、翔馬は、じつはけっこう好きだ。

「イッてもいいか？」

日奈美の熱い肉の壁に、何度も自分のものを擦りつけ、翔馬の気分もたかまってきた。

「ん、ああ……はい……あッ……んッ……」

パンパン、パンパン、翔馬の腰と日奈美の丸いお尻がぶつかって、激しい音をたてている。入れて、かるく引いて、繰り返してここに精子を注入するぞするぞと音と動きで盛りあがって、翔馬は、最後にウッと大きく引いた。

「あう……」

放り出されて日奈美はがくりと体を倒した。悪い、と、ちょっと思ったのだが、翔馬は、はっと振り向いた日奈美の顔に、思い切り、白いものをシャワーして浴びせてしまった。

「もう。初体験からこんなのってアリですかぁ」

あとで日奈美が翔馬のせいで汚れたメガネを拭きながら文句を言った。

「まあ……おれを選んだ時点でそのへんは許してくれよ」

それに、最後はけっこうお前も良さそうだったぞ。初体験にしては素質あるよな、と、翔馬は横の日奈美の乳房にまた手を伸ばした。

「だめです」

ところが、日奈美はすっと翔馬から逃げて立ちあがり、手早く服を着始めてしまう。

「今日のことは、ヒナちゃんだけの大事な思い出。長い間の片思いが、一晩だけかなった夢の日なんです」

「……」

「夢が続くと、本当かもしれないって誤解するから。明日からはまた、意地悪な先輩のイジメに耐えるけなげでかわいいあたしっていう現実に戻らなきゃ。先輩も、そのほうがいいと思いますよね？」

翔馬は何も言えなかった。日奈美の言う現実とやらもちょっと違ってる気がするが、たしかに、日奈美とのことは、いつまでも引きずらないほうがお互いにいいだろう。

「それじゃ、そろそろ帰りましょうか」

ああ、と、翔馬は起きあがろうとした。でもちょっとだけ夢のおまけです、と、日奈美はすばやく一度だけ翔馬にキスをした。

家に帰ると、もう日付が変わっていた。

空や千紗都を起こさないよう、翔馬はそっと玄関を開ける。キッチンで水を一杯飲んで、すぐに部屋へあがろうとしたのだが、

「兄さま……?」

と、小さい声がして、パジャマ姿の千紗都が出てきた。

「起こしたか?　悪かったな」

「いえ。お部屋で本を読んで、待っていました。兄さま、お仕事で遅いなら、お腹《なか》をすかせて帰るかもしれないと思って」

食べますか?と千紗都がキッチンのカウンターに置いてあった皿のナフキンをとった。皿には小さめのおにぎりがふたつと、小皿に卵焼きがふたきれ。

「……ありがとう。もらうよ」

翔馬は笑って夜食をとったが、内心は、自分が何をしていたかも知らず、余計なことを訊こうともせず、けなげに待っていた少女への思いで、胸が甘く痛み、せつなかった。こんなことで申し訳ないだの、ごめんだの思うおれはおれらしくない。と、心のいっぽうで声がするのだが、いまはそういうのは忘れたい。

食事を終えてシャワーを浴びて、外の匂いを消してから、翔馬は、その夜千紗都を抱い

た。

「兄さま……兄さま……」

翔馬の下で脚を開いて、声をあげそうになるたびに、唇をキュッと噛む千紗都。翔馬は何度も千紗都にキスして、千紗都を何度もいかせてやって、優しく、長く愛し合った。

「今夜は、兄さまがいつもより優しく感じました」

終わったあとで、翔馬の胸に抱かれながら、千紗都がまどろむように言った。

「そうか？」

翔馬は思わずドキッとしたが、知らないふりで笑ってみせる。

「はい……こうして、温かい兄さまの腕に包まれていると、10年前を思い出します。桜の木から落ちて兄さまに助けられたときの、たしかな温もり」

そして、千紗都は胸の傷にそっと指を這わせる。翔馬はギュッと千紗都を抱いた。

「お前も、こんなにでかくなったのに、あのときの感触と変わらない気がする」

「私の気持ちは、あのころとずっと同じですから」

千紗都は翔馬に甘えるように、胸に乳房をすりつけてきた。翔馬の下半身がまた熱くなる。求めると、千紗都は素直に体を開いて、嬉しそうに翔馬を受け入れた。


翔馬はその夜、初めて千紗都の部屋で眠った。朝方、空に見つからないうちに部屋を出ようと起きあがると、カーテン越しの朝日が千紗都の白い寝顔を照らしていた。

平和で、幸福な気分になる。

だが、ふいに翔馬は辛《つら》い気持ちになった。いまが平和で幸福なほど、こんなことがいつまでも続くわけがないという確信もまたつよくなるからだ。翔馬は黙って千紗都の部屋を出た。千紗都がそっと薄目を開けて、翔馬の背中を見送っていたが、翔馬はもちろん気づかなかった。

第4章　寒い夜

「入院だって⁉」

聞いて、自分でも驚くほど大きな声が出てしまい、翔馬は、あっと口を押さえた。

「はい。明日から、一晩だけですが」

千紗都はなんでもないことのように、食後のコーヒーをいれながら言う。翔馬にはブラック、空にはミルクを多めに入れて、自分用にはレモンティーを別に用意した。

「……どこか具合が悪いのか」

動揺をごまかすようにタバコをくわえて、いや、タバコは病人には良くないかと火をつけないで引っ込めて、翔馬は、間が持たなくてぼりぼり頭をかいてみた。

「いえ、違いますよ。私はいたって健康です」

「じゃあ、なんで入院なんかする必要があるんだ」

「んー……小さいころからの習慣ですね。私は体が弱いので、どこか調子の悪いところはないか、ときどき検査を受けるんですけど……この数年、簡単な検査しか受けてないので、一度、泊まりがけできちんとしなさいって言われて」

病院はすぐ近所だし、主治医も小さいころから千紗都を診《み》ている医師なので、まったく心配はないという。

「千紗都、最近は調子いいよね。前はちょくちょく熱を出して寝込んでいたけど、このごろはすごく元気だし」

「うん。兄さまのおかげかな？」

「ほおー。兄貴のねえー」

空は意味ありげな横目で翔馬を見た。なんだよ、と言い返したいがあまり話題を延ばしたくないので、翔馬は黙ってコーヒーを飲んだ。

「ま、なんだな。検査なんか、適当にやりすごして、とっとと帰ってくればいいさ」

「はい。そのつもりです」

「明日は土曜で休みだから、病院へ送ってやるよ」

「あー、いいなぁ〜、千紗都ばっかり。兄貴、ボクも明日、ソフトボールの試合の助っ人に行くんだけど、会場まで、送ってくれないかなぁ」

空がめずらしく甘えるしぐさで、左右に体を揺すりながらおねだりした。

「病院と助っ人じゃ重要度が違うだろ。でも、どこまで助っ人に行くんだ？」

「えへへ……じつはね、ちょっと遠いんだ……試合のあとで、みんなで温泉宿に泊まることになってて」

翔馬は呆《あき》れてため息をついた。

「なんだ。それじゃ試合より温泉がメインなんだろう。遊びに行くだけなら、自分ひとりで行って来い」

まあ、入院といっても、千紗都をよく知っている空が外泊できる程度のものだとわかったのは、一安心だ。このごろ平和が続いていたぶん、つい何か、悪いことではないかと疑ってしまうのかもしれない。

「残念。でも、あさってはボクも早めに帰って来るから。兄貴も家にいるんでしょ？　千紗都も病院から戻ってくるし」

「そしたら、私と空で……っ」

空が慌てて、言いかけた千紗都の口をふさいだ。

「こら！　千紗都、内緒って言ったでしょ！」

翔馬は首をひねりながら空と千紗都の顔を交互に見た。ふたりとも翔馬から目を逸《そ》らし、千紗都はカップを片づけて、空はお風呂に入ろうかなとつぶやく。

「なんだ、あさって何かあるのか？　内緒って、お兄ちゃんさびしいぞ」

わざと子どもっぽく言ってみたが、千紗都はくすくす笑うだけだし、空は、

「兄貴は鈍いから、秘密にしがいがあるね！　普通は日にち見ればすぐわかるけど」

などと生意気に言ってにやにやする。

「ふん。じゃあ鈍い兄貴は部屋にこもってさびしく仕事させてもらうよ」

翔馬はさらに子どものふりでリビングを出て、部屋でこっそりカレンダーを見た。

明後日は、2月の14日だった。

翌日、翔馬は千紗都とふたり、病院の廊下のベンチにいた。

病院独特のアルコールの匂《にお》いのする中で、看護婦がせわしく通り過ぎ、パジャマ姿の患者が点滴をしたまま歩いている。千紗都は検査するだけというが、見ていると、なんとなく不安になる。自分のことなら、どうということもないのだが。

「兄さま。時間がかかりそうですし、私はひとりでも大丈夫ですから、戻ってください。家でのお仕事もあるんでしょう？」

千紗都が翔馬に笑って言った。

「いいよ。べつに急ぎの仕事もないし」

付き添いの自分が気づかわれちゃ世話ないな、と翔馬は心で苦笑した。

「でも、検査って言ってもほとんどが待ち時間で、注射もしないですみますから」

「注射は苦手なのか？」

注射ということばを聞くだけで、千紗都は眉《まゆ》をさげて首をすくめた。

「はい、ほかは大丈夫なんですけど、それだけは苦手で……とんがってるし、痛いし」

「へえ。目がいっぱいあってぬるぬるした物のほかにも、苦手な物があったんだな」

「あ……そうですね」

以前の会話を思い出して、ふたりで笑い合ったところで、看護婦に呼ばれた。

「鳥海さん。今日はCT撮りますから、12番の受付にお回りください」

はい、と立ちあがってから、千紗都は怪訝《けげん》な顔で翔馬に尋ねた。

「兄さま、CTってなんでしょうか」

「あれだろ？　体の輪切りみたいなレントゲンを撮るやつ……たしか、造影剤を注射し
しまった。千紗都が、みるみる涙目になっていく。

「え……わ……私、帰ります……」

「な、何言ってるんだ。がんばれ。おれがついてるから」

「でもぉ……」

数十分後、CTを撮り終えた千紗都はすっかりしおれて病室にいた。

「はあ……なんだか、本当に病人になったみたいです」

ベッドに寝かされ、顎《あご》の下まで毛布に埋まっている千紗都は、たしかにいつもより小さく見えた。

「明日には帰れるんだから、元気だせ」

「はい。なんだか、こうしていると昔を思い出しますね……」

千紗都は天井の向こうの遠くを見た。

「体の弱い私が熱を出すたび、兄さまは、いつも手をとって励ましてくれた……」

「そうだったかな」

翔馬はちょっと照れて頬《ほお》をかいてみた。

「ねえ兄さま、昔のように撫《な》でてくれませんか？」

「……ああ」

照れくさいが、それで千紗都が落ち着けるなら。撫でた千紗都の額や頬はわずかに熱い。少し、熱があるのかもしれない。

「ああ、気持ちいい……懐かしいです」

千紗都は目を閉じて満足そうに笑った。

「早く明日になればいいのに。明日になったら、空とふたりで、兄さまにバレンタインのプレゼントをして、それから、兄さまのためにコーヒーをいれて、夕食は、兄さまのためにホットケーキを焼いて」

「楽しみだな」

おいおい、明日のことは秘密じゃないのか？　それにホットケーキはおれじゃなくお前の好物じゃないか？

などと余計な野暮《やぼ》は言わずに、翔馬は、千紗都がうとうとし始めるまで、病室で、静かに千紗都の頭を撫で

てやっていた。

病院を出ると、夕暮れの風が冷たかった。翔馬は早足で車に乗り込み、家に向かった。

久しぶりに、今夜はひとりの夜か……。

少し前の翔馬なら、ほっと胸を撫で下ろしたに違いない。静かだし、タバコをくわえるたびになんだかんだと文句を言われることもなく、酒だけ飲んで食事をロクにしなくても、誰も、悲しそうな顔はしないのだ。

だが、いつもの並木道から家が見えても、塀の向こうの窓に明かりがないのに気づいてしまうと、それだけで、翔馬は自分でも意外なほどがっかりした。徹夜してでも今夜のうちに仕上げようかと思った仕事も、あのコーヒーがないのかと思うと、どうにもやる気が起こらないようだ。

なんてことだ。あれほど戻りたくないと思っていたのに、戻ってひと月もしないうちから、おれはすっかり、千紗都と空がいる生活にはまっていたのか。苦笑しながら門の手前の車庫に入って車を止める。この車庫も、物置として使っていたのを、3人で片づけ、使えるようにしたものだ。ダメだ、こんなことばっかり考えちまって、情けないから今夜は飲んでとっとと寝ちまうぞ。

外の空気はますます冷たい。こりゃ、夜中までに雪になるかなと思いながら、翔馬は小走りで門をめざした。

と。

「遅かったじゃない。もう少し、早く帰って来られなかったの？」

門灯の下から、翔馬を責めるような声。翔馬は一瞬立ち止まり、それから、ゆっくりと門へ近づく。長い髪、すらりと長い脚のシルエット。

「彩音……なんでお前がここにいるんだ？」


彩音は当然のように翔馬のあとについてきて、リビングのソファに腰かけた。

「ふうん……ひとりが入院、ひとりが家出ね……せっかく、あなたの可愛い妹さんが出迎えてくれるかと思っていたのに、相変わらず、ひどいことしてるわねぇ」

「どれだけ曲解すればそうなるんだ。言っただろ？　入院はただの検査入院。家出じゃなくて、大学のクラブの助っ人だ」

「冗談よ」

彩音は皮肉に笑ったが、翔馬は不機嫌な自分を隠さない。

「どういうつもりだ？　いったい、なんのつもりでおれの近くにまた現れたんだ」

いよいよ、ずっと危惧《きぐ》していたときがやってきたと思った。

「失礼ね。ちょっと、自意識過剰じゃないの？　私が安岐山の助手になったのは、あなたとは無関係の偶然よ。前の物書きの仕事にいい加減嫌気がさして、何かないかと思って大学へ行ったら、安岐山を紹介されただけ」

だからあなたの顔を見たときは運命を感じたわ、と、彩音は付け足してまた笑った。

翔馬はじっと彩音の目を見る。たぶん、まるきりのでたらめでもないと思った。だが、再会が偶然だからといって、事態が良くなるわけでもない。

「……何か飲むか？」

翔馬は彩音に背を向けて、キッチンで酒の支度をする。

「もらうわ」

「つまみは……まかせてもかまわないかな」

「冗談やめてよ。私が料理苦手なことは、あなたが一番よく知ってるでしょ」

「ああ」

そのへんは、変わってないってことか。翔馬はかるく肩をすくめた。それから翔馬は、ふたりぶんのかるい食事を用意して、バーボンのグラスといっしょにテーブルに置いた。

「で？　偶然なら、偶然のままで終わりにしたっていいはずだな」

彩音の向かいのソファに座って、改めて始める。

「ふうん。何をそんなに逃げたがるわけ？」

「……」

そこへ、翔馬の沈黙をかばうように電話が鳴った。翔馬は無言で受話器をあげる。

「もしもし兄貴？　元気にしてる？」

受話器ごしでも、空の元気のいい声が、しんとしたリビングにはっきり聞こえた。

「ああ。適当に生きてるよ」

「あれ。ずいぶん無愛想だね。まさか、ボクたちの留守に女の人でも連れ込んでるんじゃないの？」

「……そうかもな」

あははは、と、電話の向こうで空が明るい笑い声をあげた。

「嘘《うそ》ばっかり。兄貴、そんなにモテないでしょ。それに、これでも一応、兄貴を信じてるんだから」

「そらどうも」

「千紗都のほうは大丈夫だった？」

「ああ。注射でちょっと落ち込んでたが、大丈夫だろう」

「そっか」

そのとき、空の背後が妙に騒がしくなった。誰だれ、空の彼氏？などと声がする。大学

の仲間が興味を持って寄ってきたらしい。やめてよ、と空は困ったように背後に答えて、

「ごめんね兄貴。じゃあ、もう切るね。おやすみ」

「ああ。おやすみ」

あわただしいまま電話は終わった。受話器を置いて翔馬はまた無言。その背に、

「なるほどね……」

予想どおり、笑いをこらえるような調子で彩音が冷たい空気を浴びせる。

「そんなに『優しいお兄ちゃん』してるなら、私なんかが近くにいたら、邪魔よねぇ」

「……優しいかどうかは、自信ないがな」

おれが本当にそんなヤツなら、千紗都に、ヤバい快楽なんか教えたりしないさ。

「そうね。まともな『家庭』を知らずに育って、好き放題荒れてきた人間が、いまさら、お兄ちゃんになったりしたら滑稽《こっけい》よね」

彩音はグラスをカランと鳴らした。翔馬は彩音に2杯めを作る。ふたりの間に沈黙が流れた。だが、考えていることはたぶん同じだ。過去のふたり。

――翔馬は母の不義の子として生まれた。そのため両親の仲が壊れたのだと知ったのは、いくつのときだったかもう忘れた。母は経済的な親の義務こそ果たしたものの、母親らしい、温かい愛情を翔馬に与えてくれることはほとんどなかった。翔馬を見るたび、過去のあやまちを見せつけられるようで辛《つら》いと、母から直にこぼされたこともある。

そんな母の再婚相手の娘として、数年前に出会ったのが彩音だ。彩音の家も、彩音の母が父と彩音を捨てて出ていってから、父の生活は乱れ、家は荒れていた。彩音の父と翔馬の母は、お互いの境遇を慰め合うために、再婚をする気になったのかもしれない。

だが、結局再婚は果たされないままに破談となった。

しかし翔馬と彩音のほうは、お互いの生まれ、育ちの複雑さへの共感から、出会って間もなく男と女の関係になり、成り行きにまかせて同棲《どうせい》を始めた。すでに相当荒《すさ》んでいたふたりだが、ふたりの周囲にいる連中も、一癖も二癖もあるような、どう良く言ってもロクデナシばかり。そんな連中に感化されたのか、もとからの性癖だったのかは知らないが、彩音は、当時から危険な趣味を持っていた。世の中の醜さを知らない純心な少女や、大事な男がいる女ばかりに目をつけて誘惑し、女どうしのセックスの快楽を教え込み、奴隷として徹底的に調教する。そうして少女を堕落させ、飽きれば、放り出して終わりにする。翔馬は彩音の奴隷にされたあと、古い人形のように捨てられた少女を何人も見てきた。いや、見てきたというのはきれいごとだ。翔馬自身も、やがて彩音の影響で調教の喜びを知るようになり、彩音の調教に手を貸したことも、何度もあったではないか。

その後、翔馬はいまの仕事について忙しくなり、仕事のほうがおもしろくなってから、しぜん、彩音とは遠くなっていった。少しあとで彩音の文章を雑誌などで見かけるようになり、彩音も彩音で、まっとうな生活をしているのだと思っていた。それでも、荒んでいた過去が消せるはずもなく、翔馬は『家庭』とは縁のない日々をおくっていた……。

千紗都と、空のいるこの家に来るまでは。

「……おかしいと思うか？　こういうおれが、家族だの、平和な日常だのってやつをいまさら持って、それを守りたいと思うのが」

だから、お前が何を考えていようと、絶対に、千紗都や空に手出しはさせない。

言外に、翔馬はつよい気持ちを秘めていた。

彩音はくいとグラスを干した。

「たとえば、私が幸せな家庭に収まって、毎日いそいそ家事をしながら家族の帰りを待ってたら、あなた、どう思う？　違和感ありすぎると思わない？」

挑むような目。そこにふと、翔馬は皮肉ばかりでないものを見つける。

こっそりと、再会した翔馬の様子を見に来たり、いまもこうしてここにいるのは、彩音の中に、さみしさや、翔馬の「家族」への羨《うらや》ましさが、あるからではないか？

「それでも、そんなあんたを笑ったりしないさ」

「本気なんだ」

「わりとな」

翔馬自身、以前といまとの自分の変化を知っているから、彩音の気持ちがわかる気がするのだ。

彩音はすっと立ちあがった。

「それじゃあ、私は距離を置かせてもらうわ。平和とか家族とか、苦手だし」

「そうか？　案外、ハマるかもしれないぜ」

翔馬も立って、彩音のすぐ後ろでかるく肩に手を置いた。

「冗談でしょ？　それこそ、寒気がするわ」

彩音は翔馬の手を払おうとした。が、翔馬はしっかりと彩音の肩を抱き直す。

「やめてよ。昔の危険なあなたならともかく、いいお兄ちゃんのあなたには興味ないわ」

「どうかな……試してみても、いいんじゃないか？」

彩音は黙って振り返った。そして、いきなりむさぼるように翔馬に抱きつき、キスしてきた。


なぜまた、おれは彩音を抱こうとしているんだろう。

翔馬の部屋に移動して、ベッドに座り、彩音とキスを交わしながら、頭の隅で、翔馬はぼんやり思っている。

過去の続きをするつもりはない。この先を始めるつもりもない。そして、それは彩音も同じのはずだ。

キスに応《こた》えて、彩音は自ら唇を開いて、舌で翔馬の舌を求める。翔馬は舌に乗せた唾液《だえき》を、彩音の舌に乗せてやった。彩音はそれをコクリと飲んだ。翔馬の下半身がズンと重くうずく。

無言のまま、長い髪を何度も指ですくように撫でながら、翔馬は彩音をベッドに倒した。

彩音のジャケットの前を開け、中のシャツのボタンも外す。胸の部分だけ服を開くと、高級そうなレースの縁がついている、ベージュピンクのブラがあらわれた。前のホックをつまんで外した。ふたつに割れたブラの下から、桃のように底が丸く上がやや尖《とが》った形の乳房がこぼれる。白く、乳首はいやらしすぎない程度に大きく、谷間はなだらかなXのラインを作っている。ブラジャーがなくても張りも角度も失われない、ベストデザインの乳房だった。

「変わらない……いまも、きれいなオッパイだ」

翔馬は素直に感嘆の声をあげ、彩音の乳房に両手で触れた。

「あなたも、同じね。全部脱ぐより、こうして……胸だけ、服の中から出して、するのが好きで……」

「ああ」

きれいできつい顔の彩音も、裸にすれば当たり前にエッチなオッパイがついてるのだと、確認するのが好きだった。こうして、乳房全体がほんのり赤くなってくるまでじっくりと揉《も》むと、彩音の息がだんだん乱れて、しぜんに膝《ひざ》が開いてくる。そうしたら、今度はスカ

ートの中に手を入れて、中のストッキングとショーツをちょっと乱暴なくらいの手つきで脱がせ、だがスカートは残したまま、ノーパン状態でめくりあげる。

「……あ……」

彩音は目を閉じ、無抵抗でベッドに仰向けになったまま。上から見ると、乳房とあそこ、恥ずかしい部分だけを服の中からほじくり出してさらしたような淫《みだ》らな姿だ。そのましばらく、翔馬は彩音の体の女を象徴する部分を黙ってじっくりと観察した。

「見るの……やっぱり好きなの？」

彩音の頬がわずかに赤い。

「ああ。けど本当は、あんたのも見られるのがすごく好きだろ？」

「……あっ」

翔馬は彩音の両膝を開いた。

「こうやって、開いて全部見せるのも好きだよな」

「ああ……」

彩音のあそこは、見られるだけですでにじっとりと濡《ぬ》れていた。乳房同様、ここもきれいだ。ヘアは濃すぎず薄すぎず、きれいな逆三角形を作っている。が、生え具合はふっくらした丘の上部のみ。ピンクの割れ目の両側に、邪魔になる毛はまるでない。肉襞《にくひだ》も、左右不揃《ふぞろ》いな女もよくいるが、彩音の襞はきっちり薄目で均等な幅だ。顔と同じですましたような美人のここだが、感度のほうは、見られるだけでもかなり乱れる淫らな性質だと知っていた。割れ目に指を往復させて、蜜《みつ》を塗った指でクリトリスを転がして固くする。

「ん、あっ……」

彩音は腰をクンクンとかるく振ってあえいだ。処女でも、経験豊富な女でも、ここをいじられて喜ばない女を翔馬は知らない。彩音もぐっと自分から脚を開いて、翔馬の指を求めて甘えるようにそこを突き出してくる。翔馬は彩音の乳房を吸いながら指を使った。ときどき、指を中のほうにも入れてやると、そこは嬉《うれ》しそうにキュッと締まって、刺激を求めて熱く絡みついてきた。

「あっ……い……」

彩音はうっとりした声をあげ、素直に腰を揺すってくる。そろそろいいかな、と、翔馬はそこから指を離した。彩音がある程度気持ちよくなると、次に何をしたがるかもわかっている。

「……ね」

起きあがり、彩音はベッドに座る翔馬の下半身に近づいて、ベルトを緩め、ズボンのファスナーをずりずり下ろして、翔馬のものを引っ張り出した。

「もう固い」

きれいに手入れされた爪の指が、根もとをかるく握って上下に擦《こす》る。

「私のを見て、興奮した？」

「ああ」

翔馬は彩音の髪を撫で、頭から、顔をそっと自分の股間《こかん》に近づける。彩音は、うふふ、と唇だけで笑って、舌を出して翔馬の先端をペロリと舐《な》めた。2、3周、舌先でくびれた気持ちいいところをなぞるようにしてから、口を開け、一気に根もと近くまでくわえる。

「んんッ……ン……」

彩音は頭を動かして、口の中で翔馬のものを固くした。吸いつきながら舌を使って、全体から精子を絞り出すようにつよくしゃぶったり、唇で先端だけを往復させて、いいところを集中的に刺激して責めたり。

「く……」

翔馬も息に近い声をあげ、力を抜いて、ベッドに仰向けになってしまう。彩音はそんな翔馬の体を逆向きにまたいで、さらに懸命なフェラチオを始めた。

「ん……ふ、ンッ……」

彩音の白いすべすべしたお尻が、ちょうど、翔馬の顔のすぐ目の前で、しゃぶる動きにあわせて上下している。もちろん、栗色のアヌスも前も丸見えだ。翔馬も舐めたりいじったりしたいが、彩音はそれを許さない。自分が男に快楽を与え、快楽で縛っている間は、男にはあそこを見せつけるだけで、わざとじらすのが好きなのだ。

「ふぅ……ンン……グッ……」

「う」

彩音の喉《のど》が先端をとらえた。舌とも唇とも違う、独特の不規則な締めつけに、翔馬の先端がなぶられる。すごくよかった。腰から尻まで鋭い快感がジンジン走った。射精感が高まる。このまま、彩音の口の中に出すのも悪くないと思う。というか、以前はたいてい翔馬は彩音のこのワザでやられた。

「いいよ」

だが、それでは昔と変わらないままだ。翔馬はあえて体をずらして、彩音の顔をあげさせた。

「どうして」

唾液で光る唇のまま、彩音が上目づかいで翔馬を見る。

「今日は、あんたを普通に抱きたくなったんだ」

「……」

「いかせるのを張り合うみたいなセックスじゃなくてさ。お互いに、気持ちよくなるためにしてみようよ」

「なあに、それ」

「きっとできるよ。おれは彩音のことが好きだし、彩音もおれを嫌いじゃないだろ」

翔馬は彩音の体の脇に手をやって、女性独特のカーブのあるラインを味わいながら、彩音と抱き合い、キスをして、そっと彩音に体を重ねた。まだ彩音が身につけていた服を、一枚一枚、ていねいに脱がせた。

「さっきまでのは、昔のやり方。これから、いまのおれのやり方を教えるから」

「あ……」

全裸にされて、彩音は少し恥じらうように身を固くする。一糸まとわぬ、と言いたいところだが、長い首に細い金の鎖のネックレスだけが残る姿になった彩音。翔馬は、ゆっくりと優しく、彩音の全身に唇を這《は》わせて、ときどきイタズラのように印を残しながらキスしていく。

「力、抜いてよ」

翔馬は彩音の腰をそっと抱き寄せ、膝をつかんで横に開いた。

「入れるから」

濡れて開いた彩音の入り口に、熱くなった自分の先端をあてがう。

「……ッ……あんっ……」

彩音の反応をたしかめながら、翔馬は少しずつ奥へ進んだ。彩音の中は、相変わらずきつい。少女を調教するのが好きだった彩音は、自分のここで、男を受け入れた経験は少ないはずだ。だが、奥のほうには、彩音が男に入れられることで感じるポイントがあることも翔馬は知っている。あと、ひと押しだ。みっしりとした彩音の肉が、翔馬を余さず包んでいる。翔馬は前に手をまわし、彩音のクリトリスを刺激した。彩音は、ピクンと背中を反らし、反動で体の力が抜けた。いまだ。

「ああ！　ん……そ、ああ……ウンッ……」

翔馬は彩音の一番奥で、ゴシゴシ先端を擦りつけて動いた。いや、と彩音が泣き声をあげる。だが、締めつけはさっきよりもきついし、中のトロトロ感もいい感じだ。

「感じてるんだろ？　素直になっていいからさ」

「ああ……」

彩音の耳に囁《ささや》いて、翔馬はさらに彩音の膝の角度を広げた。腰が浮き、乳房の両側に膝がくっつき、男のものがハメられて出し入れされているところが丸見えになる、いやらしいポーズだ。彩音のすました美人のあそこを、翔馬の太いものがパックリ割って、クチクチ音を立てて動いている。

「すごくいやらしくて、かわいいよ」

「や……」

彩音は首を横に振る。翔馬にかわいいと言われるのが悔しいのだろうか？　だが、そんなところも、やっぱりかわいい。もとはサディスティックできつい女が、翔馬にだけ見せる、甘えた顔。翔馬の胸もせつなくなった。もっと前から、こんな自分を見せられるくらいに、お互いに正直な人間だったら、もしかすると。

「あんッ！　あ……あ……やあ……」

翔馬は激しく彩音を突きながら、上下に揺れる乳房をつかみ、固くなっている乳首も指で刺激してやる。彩音の両目に涙が浮いた。シーツをつかむ彩音の手をとり、翔馬は自分の背中を抱かせた。

「――姉さん」

血のつながりこそないものの、いっときは、そんな関係でもあった彩音。呼ばれて、彩音の瞳《ひとみ》に浮いていた涙が、雫《しずく》になってポロポロこぼれた。

「ん、あ……！　だめ、し、しょうま、私……だ……」

彩音はむずがる子どものように全身をぶるぶる、じたばたさせた。快感が頂点に来ているらしい。自分のすべてを解放して、彩音は、翔馬に挿入されて、翔馬の下で達していた。ハアハアと息の早い彩音の唇にかるくキスして、翔馬はさらに動き続ける。彩音は翔馬にしがみついてきた。翔馬もギリギリまで彩音の中に留まって、最後に、彩音の腹から乳房にぶちまける。

「はあ……」

出し終えたところで脱力し、翔馬は彩音のすぐ横に倒れた。彩音はうっとりした顔のまま、体に浴びた精子を指で広げた。じつは少し、中にも出してしまったかもしれないが、それは言わないでおくことにしよう。


寒い。

目が覚めると、外はもうとうに明るいらしかった。くるまっていた毛布の中にいったん頭の上までもぐって、うだうだしてから、翔馬は何度か手足を伸ばして寝返りをうった。

もう朝か。昨夜あれからすぐに寝てしまったのか？

横を見ると、いたはずの彩音の姿はもうなかった。まだのろい動きで起きあがり、２、３度頭を振りながら、翔馬はリビングへ下りてみた。

家の中はやはりシンとしていた。

テーブルに、彩音の字で書かれたメモがある。

「帰ります。朝食にチャレンジしてみたから、良ければ食べてみてね。――命が惜しければ、やめたほうがいいと思うけど」

本気か？とつい笑いながら翔馬はキッチンへ行ってみた。が、昨夜はちゃんとしていたはずのキッチンは、千紗都が見たら兄さまひどいですと嘆きそうなくらいに散らかっていた。そしてよく見ると、鍋には小麦粉を溶きそこねたようなドロドロのスープらしきもの、ボウルの中には哀れなほどにクタクタになった野菜のサラダもどき。フライパンの上の黒い固まりは、もしかすると卵かベーコンの残骸《ざんがい》なのかもしれないが、色も形も完全に原型をとどめていないため、判別不能だ。

たしかに、これを食うとしたら命がけだな。

苦手だと自分でも言っていたとおり、彩音の料理のひどさは変わっていないらしい。翔馬と同棲していたころから、料理は翔馬の役目だった。

が。テーブルの上にひとつだけ、ごく当たり前に、まともに作られた料理がある。タマゴサンドだ。そういえば、以前にも、彩音が唯一作れる料理として、タマゴサンドを食べたことがある。

「母親がね。昔、よく作ってくれたのよ。子どもはタマゴサンド好きでしょう。私も好きで、だからかしら。私に母親が教えてくれた料理は、これだけ」

そして、母親が彩音に母親らしいことをしてくれた唯一の記憶も、このタマゴサンドだという。彩音がまだ、他の手のこんだ料理を覚えられないほど幼いうちに、母親は家からいなくなった。おそらくは、横暴で生活の乱れた父に耐えきれず、出ていったのだろうと彩音は言う。だが、無力な子どもであった彩音は、父のところにとどまるしかなかった。

お腹《なか》がすくと、いつもタマゴサンドを作っては食べていた……。

「本当はね、そういうの嫌いなのよ。俗っぽいし、湿っぽいでしょう」

あのころの彩音はそう言っていた。

いまだにタマゴサンドしかまともに作れない彩音。だがこうして、翔馬のために朝食を作っていったということには、何かの意味があるのではないか？

昨夜、彩音と久しぶりに話し合い、久しぶりに肌を重ねたことで、彩音の中にも、微妙な変化があったのだと考えれば、翔馬は楽観的すぎるだろうか。

まあ、いい。

翔馬はタマゴサンドをひとつ手にとって、食べながら歩いてリビングの窓を開けてみた。

「お……」

外を見て、翔馬は思わず声をあげる。空はもう晴れているものの、あたりは一面、うっすらと白く雪が積もっていた。木の枝の雪が日を浴びてキラキラ光っていた。夜のうちに降って、積もったのだろう。

このくらいの雪なら、車を出せないこともない。午後になったら、千紗都を迎えに病院へ行くから、タマゴサンドを平らげたら、もう一度、寝直して休むとするか。


キンコン。

次に翔馬が目覚めたのは、何度か鳴る玄関のチャイムの音だった。

「ふぁい……」

翔馬はねぼけた声とともに起きあがる。ベッドの横の時計を見た。ずいぶん寝たか……ってほどでもないな、誰だ休みの日だっていうのに。

隣の久美子さんだったりしたら許すがな、と思いながらドアを開けると、立っていたのは安岐山だった。すぐ後ろに、娘のかのこもいっしょだった。

久美子でなくてもこのふたりでは、追い返すなどとてもできない。挨拶《あいさつ》して、翔馬はふたりを家に招き入れる。

「突然おじゃましまして申し訳ないね」

「いえ、構いませんよ。かのこちゃん、何か飲むかい？」

「ううん、いい……」

かのこは安岐山の後ろにぴったりと張りついたまま、家の中を、あちこちじっと眺めている。他人の家が、よほど珍しいに違いない。

「ところで。今日こうして君を訪ねてきたのはほかでもない」

コーヒーをいれて翔馬が座ると、安岐山は、さっそく用件を切り出した。

「……ひょっとして、また音楽うんぬんの話ですか？」

「まあそう言うな。今回は、ちょっと特別な話なんだよ」

「どんな話ですか」

「じつは今度、うちの星和音大に、海外から客員講師を招くことになってね。かわりに、

うちからも何人か、研修を兼ねて向こうに派遣することになったんだ」

「はあ」

だがそれが、翔馬になんの関係があるのだ?と、表情に出ていたのを読んだのだろう。

安岐山はコーヒーを一口飲んで、改めて翔馬を見て言った。

「そこで私は、ぜひ、君を推薦して海外へやりたい。講師としての名目などは、私がなんとかできると思う。帰ってくれば、音楽の指導者としての道は確実に開ける。こんなチャンスは二度とないよ。どうだろう。どうか本気で、留学を考えてくれないだろうか」

「……」

言われて翔馬の心に浮かぶのは、安岐山に評価された嬉しさや、海外で音楽を学べると言われた興奮ではなく、もしもいま自分がいなくなったら、千紗都は、空はなんと言うだろうということだった。

「あの……その留学は、どのくらいの期間になるんでしょう」

「そうだね。行けば、最低2年は、向こうで暮らしてもらうことになるね」

翔馬はぐっと息を飲んだ。

最低2年……。

それは、日本と海外の距離を思えば、ずいぶん長い期間ではないか?

第5章　夢と安らぎ

千紗都は両脚でぽんと玄関の敷居をまたいで家に入った。

「ただいま。ふう、久しぶりの我が家は落ち着きますねー」

「久しぶりって、一晩いなかっただけじゃないのか」

翔馬もあとから靴の裏に残る雪を払って、ドアを閉める。

「一晩でも、ひとりで病院にいるのはホントに退屈だったんです。病院のゴハン、おいしくないし」

すぐコーヒーをいれますね、と千紗都はすたすたキッチンへ向かった。

「あれ？　お台所がすごくきれいになってる……兄さま、もしかしてお掃除してくれたんですか？」

「え。ああ。まあ、夜ひとりでヒマだったんでな。はは」

「嬉《うれ》しいです。ありがとうございます！　これから散らかさないように、ていねいに、使わせてもらいますね」

「そうしてくれよ」

翔馬は笑ってごまかしておいた。もちろん、キッチンを片づけたのは別の理由があるからだが、そんなことを言う必要はない。

「ところで、検査の結果はいつわかるんだ」

「1週間後くらいにはわかるそうです。思ったよりたくさん検査を受けたので、ちょっと心配なんですが」

「大丈夫だよ。千紗都はこのごろ元気だって、空も言ってたじゃないか」

「そう、ですね」

千紗都は自分を納得させるようにウンウンと何度もうなずいた。

その空は、予定よりもずいぶん遅く、夕方過ぎにへとへとになって帰って来た。

「もうイヤ……温泉のほうはこっちよりも雪が多くて、電車のダイヤがメチャクチャなの。だから、帰りに寄るはずだったお店にも寄れなくて……ごめんね千紗都。チョコの予定が、温泉饅頭《まんじゅう》になっちゃったよ～」

空は両手を合わせて千紗都に頭をさげた。

「いいよ、理由が理由だし。しかたないもの。でも」

千紗都はちらっと翔馬を見た。

「兄さま……バレンタイン温泉饅頭でも、受け取ってくれますか？」

「おう」

翔馬はもともとどちらかといえば辛党、つまり酒好きのほうなので、甘い物は饅頭でもチョコレートでも文句は言わない。

その夜は、３人そろって賑やかな食事。千紗都は注射の恐怖をしつこく訴え、空はソフトボールで活躍したことを嬉しそうに何度も報告した。へえへえとあいづちを交互にうちながら、翔馬はやはり、この生活がいまは一番楽しいと思った。

昼間の安岐山の申し出は魅力的だったが、やはり断ったほうがいいだろうか……。


翌日出社した編集部では、日奈美にバカでかいチョコの包みをもらった。翔馬は脳に糖分補給と称してそれを囓《かじ》りつつワープロに向かっていたが、じっさいは、留学のことにばかり頭を使っていた。

どうしたもんだか。

たしかに、翔馬のような立場の人間が、音楽で確実に身を立てるチャンスを与えられ、しかも海外で勉強できるというようないい話は、二度とないだろう。だがそれでも、以前の翔馬なら、退屈でも楽な生き方を選んで、安岐山の話を断ったと思う。

不思議なことに、千紗都と空と暮らし始めて、生活に張り合いが出てくると同時に、忘れていた音楽への思い、音楽の世界で生きたいという夢も、翔馬の中で増していた。ということは、あいつらがそばにいるからこそ、おれは音楽もやれそうなわけで……けど外国には、あいつらを連れていくわけにはいかないし……。

「明日から私は、この件をつめるためにアメリカへ行く。1週間後には戻るから、君の返事を聞かせてくれ」

安岐山にはそう言われていた。もうひとつ、かのこは、

「もし君が留学するときには、ぜひ、向こうでかのこの面倒を見てくれないか。かのこは、日本の教育システムでは才能を伸ばすことはできないから、この機会に娘も留学させようと思っているんだ」

とも言われた。そう考えると、安岐山の本心は娘の留学で、翔馬はかのこのおもり役として白羽の矢を立てられたとも言えるから、どこまで、自分がかわれているのかもわからない。複雑だ……。

「あれー。先輩、元気ないですねぇ。どうしたんですか？」

向かいの書類の山の間から、日奈美がひょいと首を伸ばして話しかけてきた。

「ああ。じつは、アメリカ行きの話があってな」

「また取材ですか？」

「いや。今度のは、行けば最低、２年は戻って来られないと思う」

「ええ～！」

マンガでよくあるしぐさのように、日奈美は両手で自分のほっぺたをパチンと叩《たた》いて目を丸くした。

「それ、それどういうことですかぁ⁉　きっちり説明してくださいっ。このヒナちゃんを捨ててまで行くっていうことは、それなりの理由なんでしょうね⁉」

「誤解を招くようなことを大声でわめくな」

来い、と翔馬は日奈美を手招きして、人のいない暗室へ入っていった。

「こんなところへ連れ込んで、先輩、まさかあたしの魅力に逆らえなくて」

「つまらん冗談はいいから聞け」

冗談にしないとまずい部分もあるので無理やり冗談にして、翔馬は、留学の件を日奈美に話した。

「へえー。スゴイじゃないですか……やっぱり、見る人は見てるんですねえ」

日奈美はすっかり感心してうなずいた。

「でも、そう簡単に答えが出せる問題でもない」

「わかります。あたしと離ればなれになるのがすごく辛《つら》いんですね」

「それはどうかな」

「……でも、あたしは先輩が本当にしたいことだったら、ぜひやるべきだと思います」

淡く赤いライトだけが照らす暗室で、日奈美はふっとまじめな顔をした。

「そうじゃないと、きっと後悔するから。あたしは、先輩と離れるのはさみしいですけど、先輩の望んだことならガマンできます。女の子って、好きな人の夢がかなうのが、自分自身の夢でもあるから」

「ヒナ」

「だから先輩も、思うところはあるでしょうけど、まわりのことは気にしないで、自分のしたいようにしてください」

それから日奈美はにこっといつもの顔に戻って笑って、

「あはは……なーんて、ホントはずっと先輩のそばにいたいんですよ～。カッコつけすぎちゃったかな」

「まったくだ。似合わないんだよ」

翔馬は日奈美をかるくこづいて、もうやめやめ、と暗室を出た。

「でも、少し気持ちが楽になった気がする。ありがとうな」

ぽんと背中をかるく叩くと、日奈美は少し潤んだ目でうなずいた。

「じゃあ今度、お礼に飲みに連れてってください」

「……お前、酒グセ悪いからイヤだ」

それに、酔った勢いで、また夢を見ちゃうといけないしな。


とりあえず、千紗都に話してみるべきだろうか。

しかし、千紗都はこの前の検査のことで、気持ちがナーバスになっている。いま余計な心配を増やすのは、千紗都の体にも良くないだろうか……。

「ただいま」

迷いながら家に帰ってドアを開けると、甘い匂《にお》いが家の中いっぱいに広がっていた。

「お帰りなさい、兄さま」

キッチンから千紗都の声がする。翔馬は匂いの正体を求めて行って、キッチンのテーブルを見てあぜんとした。テーブルいっぱいに並べられた皿には、1枚平均4〜5枚の厚手のホットケーキが乗せられて、それぞれに、溶けたバターとメープルシロップがたっぷり塗られて、染みていた。

「なんだこれは」

「見たとおりです。ホットケーキです」

「そりゃわかる。けど、お前はいったい何枚ホットケーキを焼いてるんだ？」

「病院で言ったじゃないですか。千紗都ちゃん、退院記念のホットケーキパーティです」

「……そんなこと言ったかな……」

「とにかく、ちょうどいい具合に焼けてますから、兄さまも座って食べてください」

千紗都は新しい1枚をフライパンから皿に移して、焼きたての上にバターを乗せた。

「おいしそう」

ナイフでひときれ切り分けて、あむっと思い切りよく口に入れる。

「んん……おいしいです……兄さまも、早く食べないとさめちゃいますよ？」

「あ、ああ……」

珍しく強引なほどの千紗都のペースに巻き込まれ、翔馬も、もそもそ食べ始めた。

しかし、普通はホットケーキを夕食に、しかもホットケーキだけをこれほど大量に食べることはないと思う。

「空はどうした」

「アルバイトだそうです。電話があって、今日はホットケーキパーティだよって言ったら、それで何か急に思い出したらしくって」

空のやつ、明らかに千紗都のホットケーキマニアを知ってて逃げたな。

「うん。われながらいいでき。おいしすぎる〜」

千紗都は病み上がり（？）の細い体に似合わずに、あむあむ勢いよく食べている。翔馬は努力で3枚食べたが、これ以上は、舌と胃袋の限界だった。

「なあ……この物凄《ものすご》い量をふたりで食うのか？」

「それほど凄くないと思いますけど……私、ずーっと夢だったんです。兄さまと、こうして、大好きなホットケーキを焼いて、ふたりで食べるのが」

「……」

そう言われては、もういらないとは言えなくなる。

「でも、たしかにたくさんありますね。そうだ兄さま、明日の会社にホットケーキ弁当なんてどうですか？」

「悪いが絶対に嫌だ」

「いいアイデアだと思ったんですけど……」

千紗都はしゅんとして唇を窄《すぼ》めた。バターとシロップでツヤツヤの唇。

「口の周り、シロップだらけじゃないか。子どもと変わらないな、千紗都は」

「兄さま、拭いてください」

子どもでいいです、と開き直ったように、千紗都は、んーっと顔を翔馬に向けた。苦笑して、翔馬はそばにあったティッシュをとる。

「はいはい……ほら、きれいになった」

「えへ。ありがとうございます」

アップになった無邪気な顔。ふと、背中の裏からあのへんにかけて、翔馬の体の中心がうずいた。そういえば、このところ、日奈美のことや千紗都の入院などで忙しく、千紗都と、じっくり楽しんでないな。

「ふーっ……」

数十分後。パーティだか拷問だかよくわからない大量のホットケーキ攻撃をようやくしのいで、翔馬は、キッチンの椅子《いす》でぐったりしていた。千紗都は同じくらい食べたはずなのに、涼しい顔で皿を片づけ、洗い場のほうへ運んでいる。

女の子の甘い物は別腹とはよく言うが、千紗都の別腹は、どこか異次元に通じているんじゃないだろうか。翔馬はふと怖い想像をしてみたりした。

「ねえ、兄さま」

カチャカチャ皿を洗いながら、千紗都が話しかけてくる。

「なんだ？」

「やっぱり、家っていいですね」

「……うん」

「兄さまといられる時間が少しでも長くなるように、私、努力しますね」

「千紗都……？」

翔馬は椅子から立って千紗都の背後に立った。きゃしゃな背中が、わずかに震えているように見えたのだ。

「どうした」

そっと腕を回して、千紗都の髪に顔を埋める。いつもの、甘いシャンプーの香り。

「……なんとなく。そう思っただけです」

「いっしょにいるだろ？　いまも、こんな近くに」

「あ」

翔馬は千紗都の小さな顎《あご》をつかんで振り向かせ、わずかに開いた唇に唇を重ねた。唇は、メープルシロップの味がする。翔馬はさらにキスしようとした。が、千紗都はキスから逃げようとする。

「ん、だめ……です、兄さま……まだ、片づけが……ん……あんっ」

逆に翔馬は、無理に千紗都の体を押さえて、立ったまま、キスしたり、胸やあそこに服の上から触ったりした。

「だめ……どうして……」

どうしてかな。エプロンをしてキッチンに立つ女の子の後ろ姿になんともいえず欲情し、エッチなイタズラで邪魔したくなるのは、男の本能のひとつかもしれない。女の子にすれば迷惑だろうが、したいのだからしかたないのだ。

「兄さま……あとで、お部屋のほうで」

千紗都は懸命に体を触る翔馬の腕の中から逃げて、頬《ほお》を赤くして言った。

「嫌だ。おれはいまここで、千紗都を抱きたい。たくさんホットケーキを食べたんだから、ご褒美に、千紗都のエッチな姿をここで見せてくれ」

「……兄さま……」

困った顔でうつむく千紗都。でも、潤んだ目はどこか嬉しそうだ。ひょっとして、千紗都のほうも、翔馬に新しい快楽を教わることを、ずっと期待していたのかもしれない。

「そうだ。ちょっとここにいて待ってろよ」

翔馬はいったん千紗都から離れ、自分の部屋に走っていった。段ボールの中に隠してある、アレを今日あたり使ってみよう。食べ過ぎて苦しい胃のことはとうに忘れて、翔馬はすばやく部屋の中を捜した。まじめな件で千紗都に話すことがあったはずなのだが、それは、このあとにしても遅くない。

「あっ……に、さ……」

キッチンで、ステンレスのシンクのふちにつかまって、千紗都は、懸命に翔馬のイタズラに耐えていた。

エプロンも、スカートもお尻の上までばっちりめくられて、ピンクのショーツを履いたお尻を、翔馬に向けて突き出した千紗都。翔馬は少し体をずらして、背中で椅子に座っていた。こうすると、ちょうど翔馬の目の前が千紗都のお尻になるので、眺めるにも、触るのにもベストの位置になる。いま翔馬は、ショーツごしに千紗都のあそこやお尻の穴の位置を確かめ、指でクニクニしているところだ。シンプルなピンクの綿ショーツは、すでにもう、中心がだいぶ湿っている。

「どうだ千紗都。こういう、裸になったりエッチな気分になっちゃいけない場所で、お尻を出して、いやらしいことをされる気持ちは」

「……」

首を振り、千紗都は翔馬を見ずにうつむいたまま。だが、ショーツは翔馬のことばに反応して、はっきりと、染みを広げていた。よしよし。言われるだけで感じるようになってきてるな。感じやすい子はいい子だから、もっと気持ちよくなるように、パンツを脱がせて、全部見てじかにさわってあげようね。

翔馬は両手のひとさし指を千紗都のショーツの両側にかけ、楽しみながら、少しずつ、少しずつ脱がせていく。お尻の割れ目がさらされていくたびに、千紗都は、丸い白い肉をキュッキュと震わせて、お尻を締めたり、開いたりした。やがて、くるりと薄皮を剥《む》かれたように、ピンクのショーツは小さくなって、お尻と太腿《ふともも》の付け根の間に挟まった。翔馬は両手で千紗都のお尻の山をつかんで広げた。細長いハートを逆さにした形の、ふっくらとかわいらしい千紗都の女の子の部分と、その上の、恥ずかしそうに窄まったアヌスが、翔馬に見られて震えていた。翔馬はハートの真ん中をすっと指で割り、内側の、薄い肉襞《にくひだ》と向こうのクリトリスまでをいっきに撫《な》でた。

「あ、く……」

千紗都はじりじりお尻を振った。いきなりビュッと放った蜜《みつ》で、翔馬の指が根もとまで濡《ぬ》れた。これなら、わりとすぐに使ってもいけるかな。

「兄さま……？」

ふっと翔馬が手を離したので、千紗都は不安そうに振り返った。そして、翔馬の手にしたものを見て、眉《まゆ》を寄せて、唇をわずかに震わせた。

「大丈夫だよ。それほど太いものじゃないし、入れる前にじっくり慣らすから」

「え、でも……あの……」

千紗都は泣きそうな顔をした。バイブとか大人のオモチャと呼ばれるそれが、どういう物で、どうやって使うのかという程度の知識はあるらしい。

「もちろん使ったことはないだろ？　この味は、一度知ったら病みつきになるぞ。おれの出番がなくなりそうで、心配なくらいだ」

「そんな……あ……」

翔馬はバイブのスイッチを入れた。ジンジンジンとうねる独特の音がキッチンに響いた。

「おれ、これで気持ちよくなってる千紗都のあそこを、目の前でじっくり見たいんだ」

「ああっ……に……」

だが、怖がっている千紗都の中に、いきなり挿入したりはしない。まずは入り口のあたりを往復させて蜜をバイブにたっぷりと塗る。擦《こす》られるだけで、痺れるような感覚が千紗都のあそこにジンジン伝わっていいはずだ。それから後ろから見ると一番奥にある、プチンとしたクリトリスにバイブの先端を近づけて、触るか、触らないかくらいに接触させる。

「ひ！……っ……！」

千紗都は大きく背中を反らし、シンクにつかまっていた手が浮いた。

「に、さ……」

「だめだ」

思わずそこへ伸ばしてバイブを外そうとする手を翔馬はとらえる。

「痛かったり、辛かったりすることはないだろ？　おれの言うとおりにしていれば、すぐにすごくよくなるから」

「……ハイ」

消え入りそうな声でうなずいて、細く白い指先をうっすら赤くして、千紗都は、目を閉じてもう一度シンクにつかまった。いい子だ、と翔馬は千紗都の髪を撫で、自分ももとの椅子に戻る。

「それじゃあ、ちょっとそのまま脚を開いてみろ」

「こうですか」

翔馬にお尻を差し出した格好のまま、千紗都はおずおずと太腿を広げた。

「そして、なるべく力を抜いて、何も考えないようにして」

「はい」

翔馬は千紗都の股間《こかん》を覗《のぞ》き込むようにやや下側からアップで見た。ジンジンと音をたてるバイブが千紗都の膨れたクリトリスに迫る。

「気持ちいいときは、思い切り大きい声を出していいから」

ぴったりと、男のものの形をしたバイブの先端が、回転しながらクリトリスにくっつき、容赦なく、小さな丸い肉の芽を震わせて刺激した。

「ひああ！……ああ……んああ……」

翔馬に許可を得たせいか、千紗都は甲高いはしたない声で、うく、うくと何度もえずくようにしながらあえいだ。肉襞もあえぐ唇のようにヒクヒク動いて、両脇から、透明で粘りけのある蜜を、ひっきりなしに溢《あふ》れさせる。股間全部がグショグショなのでわかりにくいが、たぶん、少しはおもらしもしているだろう。

「いいか、千紗都？　バイブを使われるのが好きか？」

「……う……はあ……」

はいともいいえとも言えないらしい。翔馬は、バイブといっしょに持ってきた固定用の細いベルトを出して千紗都の太腿にはめ、コントローラーをベルトにつけた。それから、クリトリスをいじっていた先端を少しずらして、ヒクついて、欲しがっている千紗都のあそこにズルリと入れた。

「う、ああ……んあ……ああ……」

千紗都は激しく首を横に振る。深く、えぐるような本格的な快感が、バイブによって、千紗都の中で暴れまわっているのだろう。顔を見ると、黒目がちな両目は涙に濡れて、半

開きのまま閉じることもできない唇には、少し涎《よだれ》も光っていた。乱れた千紗都がかわいらしい。翔馬は千紗都の髪を撫で、バイブであえぐ千紗都の全身を見てやるために、椅子よりさらに一歩離れた。

「こうして見ると、千紗都がひとりで、キッチンでオナニーしているみたいだな」

「いや……そんなこと……」

「これから家でひとりのときには、こうしてこっそり遊ぶといいぞ。そのうち、本当にバイブが手放せなくなって、1日中、ずっと中にハメて動かしてないと、おかしくなっちゃうかもしれないいな」

「う……う……」

翔馬がことばで千紗都をいたぶっている間にも、バイブはグニグニ千紗都をえぐって、千紗都は、ハンパに脱いだショーツにベトベトにこぼれるくらいにあそこを濡らして、もう、本当にイク寸前のようだ。

「そうなったら、今度は後ろの穴用のバイブをやろう。千紗都はきっとここでも気持ちよくなれる。早く見たいよ……千紗都が、こことお尻の穴とに1本ずつ、2本のバイブを入れられて、嬉しそうに、お尻を振って喜ぶところが」

翔馬はコントローラーに手をやり、スイッチを「弱」から「強」にした。

「あふっ！　だめ、兄さま、私、もう、ダメです、だめ……おかしく……おかしくなってしまいます……あああ……」

千紗都は何かに別れを告げるような悲しげな細い声をあげ、あとはもう、ああん、ひいんとひたすら快楽だけを求める淫《みだ》らな声で啼《な》き続けながら、お尻をひねり、バイブの快楽を体全部で味わうように背中を反らして、キッチンの床に膝《ひざ》をついてがくりと崩れるまで、長いエクスタシーを迎えていた。

「イッたのか」

「はい」

千紗都の声はまだうつろだった。

「全部見たよ。千紗都のイクところは、いつもかわいい」

「嬉しいです……」

翔馬は、脱力しきって立てないらしい千紗都を横抱きにして、まだ、バイブを入れたままの状態で、ベッドのある部屋へ連れていった。

「これがあったら、おれのなんてもういらないかな」

ベッドに千紗都をあおむけにして、ゆっくりと、中からバイブを抜いてやる。

「んんッ……」

少しずつ、あそこの中からバイブが出てくる眺めもなかなかにいやらしかった。触ってみるとバイブはとても温かく、透明な蜜でドロドロだった。

「兄さま」

赤い顔で、は、はっと少し早い息を吐き、千紗都は翔馬に腕を差し伸べた。

「私は、兄さまが喜ぶのなら……何をするのも、嬉しいです……」

でも、と恥ずかしそうな小声で翔馬の耳に口を寄せ、

「やっぱり、ちゃんと兄さまとするのが一番好き」

「千紗都」

翔馬は千紗都の細い体をつよく抱いた。むしるように、千紗都の服を脱がせて裸にすると、自分もすばやく全裸になって、お互いの温もりを確かめあった。

「私だけじゃなく、兄さまも、少しでも気持ちよくなってください」

まだたどたどしい手つきだが、千紗都は、みずから翔馬の固いものに触れた。

「がんばります」

抱き合った体を反転させて、千紗都は、翔馬のものの先端にキスした。それから、教えられたとおりに舌で先端のくびれを掃除して、唇で、その上を往復する。

「いいぞ。なかなか上手だ、千紗都」

「ん……う、れしいです……ン……」

しゃぶりながら話すと、千紗都の唾液《だえき》が唇とあれの隙間《すきま》に流れて、ズルッ、ジュルと品のない音が出た。かまわず千紗都はしゃぶり続ける。自分が快楽を教わったお礼にと、け

なげに奉仕する気なのか。

小さい頭が、翔馬のものをくわえて上下に動いていた。長い髪が、千紗都の肩から翔馬の腹のあたりまで落ちて、くすぐったい。

「んッ……うう……」

「もういいよ。おれも、千紗都とひとつになりたい」

翔馬はそっと千紗都の顔をあげさせた。

「おいで」

起きあがってベッドに座ったままで、翔馬は千紗都を膝に呼ぶ。千紗都は幼い子どものように、すっぽり翔馬の腕に抱かれた。

「向き合って、おれをまたぐように座ってくれ」

「……あっ……はい……」

言われたとおり、千紗都は翔馬の肩に手をかけて、腰をまたぐと、そろそろと、上を向いた翔馬のものの上にお尻を落としていく。

「あ……あッ……！」

入り口が先端に触れたところで、翔馬は千紗都の腰を抱えて、一気に沈めた。さんざんフェラチオしてもらって、あれはすでにじゅうぶん固くなっていたから、柔らかい肉に包まれると、すぐにでも翔馬はイキたくなる。

「あはあ……兄さま……兄さま……っ……」

　抱き合った姿勢で揺すられながら、千紗都は翔馬の首にしがみついた。尖《とが》った乳首が、翔馬の胸を上下に擦る。今日はあまり触っていないのに、全身の快楽が胸にも回って、気持ちよくなっているらしい。

「いいぞ、千紗都……自分で、腰を使うんだ……」

「……っ、は、はい……あ……い……」

「自分の中のいいところに、集中的に当ててみろ」

「ふあ……はあ……」

　しがみつく千紗都の力がつよくなる。よし、また千紗都もイク方向へどんどん上昇しているようだ。容赦なく、翔馬も下から千紗都を突き上げる。ああ、と千紗都は手で顔を覆って大きく叫んで、いきなり、自分から大きく股《また》を広げた。動きながら、中と、上下するときに触れるクリトリスを同時に刺激しているらしい。淫らな姿だ。何も知らない処女だった千紗都が、とうとう、自分から男にまたがって、積極的に動くようになった。

「イク」

　小さく言って、千紗都は震えた。乳首の先が、ひときわ固く、翔馬の胸をつついてきた。翔馬も、なるべく時間差がないように、懸命に動いて終わりに近づく。

「ああっ！」

千紗都が叫んで腰をあげた瞬間、翔馬もすばやく腰をずらした。ビュッと不規則な噴水のように散る翔馬の精液が、千紗都の顔まで、勢いよくとんだ。


「なあ、千紗都」

すべて終わって、並んでベッドでごろごろして。このときだけは許してもらえる、千紗都のベッドでの一服をつけながら、翔馬は、のんびりと切り出した。

「なんですか？」

「じつは、おれに……」

アメリカ留学の話が、と言い終わらないうちに。

「ただいまー。あれ、誰もいないの？」

玄関のほうから、空の元気のいい声がした。千紗都は慌てて起きあがり、すばやくいつもの服を着る。さっきまでのショーツは履けないので、引き出しから出すのに少し時間がかかる。翔馬もその間に服を着た。

「兄貴ー。ちーちゃん？」

空の声と足音が近づいてくる。コンコン、と、ノックがして空が扉を開けるぎりぎりで、千紗都は身支度を整えた。

「あれ。ふたりで、何をしてたの」

「ちょっと、お話していたの」

テレビの調子が悪いとかなんとか、もっとうまい嘘《うそ》もあるはずなのに、千紗都は、あいまいに笑うだけで弁解しない。

「ふーん。……そ」

空はちらっと翔馬を見たが、とくに疑う目はしていない。

「ボク、バイトで疲れてお腹《なか》すいちゃった。何かある？」

「ホットケーキの素《もと》なら、あとは焼くだけでたくさんあるよ」

「うーん……できればそれ以外で……」

千紗都と空は話しながら部屋を出ていった。空がどう思ったかは謎のままだが、とりあえず、翔馬は胸を撫で下ろした。だが結局、留学のことは、千紗都に言いそびれたままだった。


翌日の午後。

「外はもう春。街に出よう！　横浜・お薦《すす》めデートスポット特集」

取材メモのトップに書かれた今回の特集のタイトルを見て、翔馬は、何度めかのため息をついていた。

前回の特集は「右脳教育最先端・驚異のアメリカ音大カリキュラム」とかいうタイトルだったはずなのに。うちのデスクは、何考えてるかまるでわからん。

しかも、こんな取材は日奈美の得意中の得意なのに、あいつ……。

「すみませ～ん。日の出菜館の新作メニュー試食しすぎて、あたし、お腹が～」

欠勤連絡の情けない声を思い出すと、翔馬は、また腹がたってくる。おかげでおれが、全然不向きなデートスポットの取材にひとりで出なきゃならないじゃないか。

とりあえず、海辺の公園を歩いて絵になる場所を写真に撮ったが、苦手意識で、どうにもやる気が起こらない。

どうしたものかとぶらぶらしていると、背後から、とてもよく知っている声がした。

「あれ。なんで兄貴がここにいるの？」

「空じゃないか。お前こそ、どうして昼からここにいるんだ？」

「ボクは、今日は大学が休講で、珍しく時間ができちゃったから。景色のいいところへ来たかったんだ」

と言って、空は小声で、ちょっと、考えたいこともあったしね、と付け足した。

「そうか。なら」

翔馬はぴんとひらめいた。

「せっかくだから、おれの取材に付き合わないか？　デートスポットがテーマでさ、相棒が腹痛で来られなくって、ひとりじゃ調子が出なかったんだ」

「え……でも、兄貴、お仕事なんじゃないの？」

空はわずかに戸惑う顔。

「いいんだよ。デートとして楽しめたほうが、記事も書きやすいし、経費は、どのみちデスク持ちだ」

「そういうものかな……」

「ああ。それとも、おれとデートじゃやっぱりおもしろくないか」

「え、ううん。じゃあ、さっそく行こう」

空は笑って、デートだもんね、と、翔馬の腕をとって歩き出した。照れくさいが、翔馬もおうとうなずいてそのまま歩いた。

それからふたりは、日奈美が事前に用意したメモに従って、横浜の街をあちこち歩いた。石畳の道、しゃれたディスプレイの雑貨屋やアンティークなドールハウスに煉瓦づくりのレストラン。

「なんか、こういうところ、慣れてないからボクあがっちゃう」

「お前、日頃《ひごろ》デートする相手とかいないのか？」

「ボクは、学業とバイトで忙しいの」

それに……と、また空は小声で何か付け足した。

そのあとも、伝統的な街なみからランドマークかいわいの最新スポットまであちこち回り続けているうち、あたりは、いつの間にか夜になっていた。

「よし、次で最後だ。水上バスで、横浜港内をクルージング」

「楽しそうだね！」

空の瞳《ひとみ》が輝いた。

水上バスはまだ寒い時期のせいかそれほど人は多くなかったが、デッキに出ると、夜の海の向こうに、港と横浜の街のネオンが一望できる。

「きれいだよね……」

空は、ほうっとため息をついて、遠い夜景を眺めていた。

「景色をツマミに、ちょっと酒でも飲みたくなるな」

「それじゃ、お酒飲む？　相手してあげるよ」

「相手ってお前……あ、そうか」

「そ。ボクと千紗都は、今日でハタチになるんだから」

かるく両手を腰にあて、空はいばったポーズをした。

「すまん、忘れてた。おめでとう」

「ううん……兄貴と、ふたりでこうして迎えられただけでも、ボク嬉しいよ」

空ははにかんだように笑った。翔馬も笑うが、心の隅が、ちくりと痛い。いまごろ、千紗都はどうしてるかな。そうだ、留学のこと、先に空に話したらどうだろう。

「ね、兄貴」

夜景をバックに、空がぽつりと話し始める。

「兄貴が戻ってきたときに、ボクが昔と変わったたって驚いてたの、覚えてる？」

「ああ。じつはいまも、ときどき不思議に思ってるよ」

あは、そうなんだと空は笑って、

「ボクがボクになったのはね。10年前に、兄貴が家を出てからなんだ。それまでは、ちーちゃんは体の弱い自分に負けないように、すごく元気な女の子で、ボクは、体も丈夫なくせに、ちーちゃんに甘えてばかりだった。でも、あれから……兄貴がいなくってさみしい上に、大事な兄貴にケガさせたって、ちーちゃんは、すっごく後悔してて、すっかり元気をなくしてしまった」

「気にすることなんかなかったのにな」

「ちーちゃんは、それだけ兄貴が好きだったんだよ。だから、ボクは思ったの。ちーちゃんがまた笑ってくれるようになるまで、ボクが、ちーちゃんを守らなくっちゃって。それ

までちーちゃんに甘えてたぶん、今度はボクが、男の子よりもつよくなろうって。だから……そのときから、ボクは、ボクになったの」

「そうか……」

千紗都と空は、本当に仲のいい双子だったから、空がそう考えたのも無理はない。

「でも、いま、兄貴は家に戻ってきた。兄貴が来てからのちーちゃんは、本当に、元気そうで、幸せそうで……やっぱり、兄貴の力はすごいと思った」

「おれはなんにもしてないよ」

「そんなことない。ボクだって……お兄ちゃんが帰って来てくれて、千紗都に負けないくらい、嬉しかったよ……」

空は翔馬をまっすぐ見つめた。千紗都とそっくりの顔だちで、千紗都とはまるで違う空。妹としては、どちらも同じくらいにかわいい。だが、ひとりの女として見たときは……。

「空、おれは」

「だからね。兄貴なら、千紗都を安心してまかせられるから。これからも、千紗都をよろしくね！　兄貴！」

空は翔馬をさえぎって、いつもの明るい瞳で笑った。お、おう、と翔馬はうなずいた。

空はたぶん、翔馬と千紗都の関係を知っている。それは昨日初めて気づいたのかもしれないし、初めから、ばれていたかもしれない。だが、いま、すべて受け入れて空が笑うなら、翔馬も、もう何も言わずに笑うだけだ。

船はそろそろ、港に戻りつつあった。

「ありがとう、兄貴。今日は楽しかった」

「機会があったら、また来るのもいいな」

「もしかして自腹？」

「まあ……今日みたいな贅沢《ぜいたく》はできないけどな」

「気にしなくていいよ、そんなの。きっと、また来ようね」

そして港につく寸前、空は、盗むようにそっと翔馬にキスをした。

「ただいま！」

「おかえりなさい。あ、兄さまもいっしょだったんですか？」

家では千紗都が、いつもと変わらない様子で翔馬たちを待っていた。

「うん。じつはね～、今日、兄貴と横浜でデートしてきたの」

「え。デート」

千紗都は笑顔のままで動きを止めた。

「仕事だよ。仕事」

翔馬は手を振っていなしたが、内心では、冷や汗をかいていた。前に、まったく同じ胸の痛みを、どこかで感じたような気がするぞ。

「詳しいことは、何か食べてから報告するね。ボク、ずっと食べないでいたからお腹すいちゃって」

「それじゃ、すぐ何か作ろうね。兄さまも、食事はまだですか？」

「ああ、よかったら頼むよ」

いつもの団らんの雰囲気の始まり。翔馬は、苦笑しながら胸を撫でおろす。

食事のあとで、今度こそ留学の話をしよう。いや、誕生日のプレゼントを用意して、機嫌をとりながらのほうがいいかな？

あれこれ思いながら翔馬はリビングのソファに座った。

とたん。

「いやああ！」

ガチャンと皿の割れる音、キッチンから、空の悲痛な声。

翔馬はキッチンへ走っていく。

「どうした！」

「ちーちゃん、ちーちゃんが……いまのいままで、笑ってたのに……」

へたりこむ空の膝もとに、倒れている、千紗都の白い顔――。

第6章　ふたりの約束

寝ている千紗都の両目がふっと開いた。

「気がついたか」

翔馬はやや身を乗り出して千紗都の顔を覗《のぞ》きこむ。

「……ここは？」

「病院だ。お前は家の台所で倒れて、救急車で病院に運ばれたんだ」

「……空は」

「少し前までいたが、帰った。というか、もう遅いからおれが無理やり帰らせた。あいつは、お前のそばにいたがってたがな」

「そうですか」

翔馬は少し低い声を出した。

「なんで黙っていた」

あおむけのまま、千紗都は目を伏せて答えない。

「千紗都！」

「……」

伏せたままの睫《まつげ》がうすく滲《にじ》んだ涙で濡《ぬ》れた。

千紗都には、心臓の手術の必要があるという。

千紗都がもともと体が弱いことは知っていた。が、よほどの無理をしないかぎり普通に生きていくには問題はないと思っていた。事実、さっき翔馬が話した医者も、今日明日というレベルの危険ではないと言っていた。今回も入院の必要はなく、明日には、家に帰れるという。

問題は今後だ。手術をすれば、千紗都はより元気に、長く生きられる。

が、千紗都に、手術に耐える体力があるかどうかが心配だ、と医者は言っていた。手術するなら体力のある若いうちのほうがいいのだが、若いとはいえ、いまの千紗都の状態では……万一、手術に失敗すれば、千紗都は……。

「母も、体が弱かったんです」

目を伏せたまま千紗都が言った。

「だから、本当はわかっていた……いつか、私もそうなるんじゃないかって。普通に暮らしていたはずなのに、ある日、突然身体が言うことをきかなくなって……私は、白い病院に押し込められて」

毛布の端からわずかにのぞく千紗都の指が、不安げに、キュッと握られる。

――兄さまといられる時間が少しでも長くなるように、努力しますね。

前に、千紗都が言ったことばの意味が、いまは痛いほどよくわかる。

「この前、検査をしたあとで、今度家族の人に来てもらいなさいって言われたときに、手術のことだって思ったんです」

声が震えた。潤んだ瞳《ひとみ》に滲んだ涙が、透明な雫《しずく》になってこぼれた。

「言えなかった……怖くて……怖いよ、兄さま。怖いよう……」

身体を折り曲げ、ベッドに沈んで子どものように泣く千紗都。翔馬はそんな細い身体を静かに抱いて、自分の胸に包んでやった。

「大丈夫だよ。おれが、ずっと千紗都のそばにいるから」


「……そうか。アメリカへは、行かないか」

研究室で、安岐山は残念そうに頬杖《ほおづえ》をついた。

「すみません。お話は、本当にありがたいのですが、いまおれは、どうしても日本を離れられない……離れたくない事情があるんです」

「千紗都君のことかね？」

「ご存じなんですか」

「籐平とは長い付き合いだったたし、話は、あちこちから入るからね」

「なら、わかっていただけますでしょうか」

「うむ……だが、よく考えてほしい。これは、君自身の人生のことだ。気が変わったら、いつでも言ってくれたまえ」

それに君が行かないとなると、かのこは残念がるだろうね、と、安岐山は付け足した。

「かのこちゃんには、一度きちんと会ってあやまっておきます」

「あやまらなくてもいいが、会ってやってくれ」

「わかりました」

一礼して、翔馬は部屋から廊下に出た。

「なにやってるんだか」

すぐ前の廊下で、彩音が斜めの視線で翔馬を見ている。

「聞いていたのか」

「どのみち、すぐに知られることでしょ。私も、アメリカへ行く人間のひとりなんだし」

「えっ……そうなのか」

ふたりは並んで歩きだした。立ち話もなんだし、ちょっと付き合わない？と彩音に誘われ、そのまま、音大の近くのカフェテラスへ向かう。

天気は上々、小春日和でオープンエアの席が気持ちいい午後。

「前に、こうしてあなたと再会したのは、偶然だって言ったわね」

「ああ」

彩音は運ばれてきたシナモンの香りがする紅茶をひと口飲んだ。

翔馬は、タバコを取り出して火をつける。

「本当はね。安岐山から話があったとき、あなたのことを考えたわ。あなたと安岐山に付き合いがあることは知っていたから。だから、迷った……あなたみたいなお人好しにとって、私は疫病神みたいなものでしょうから」

「お人好しってなんなんだよ」

彩音は唇に指先をあててフッと笑った。

「だってあなた、ずっと、自分は荒《すさ》んだ人間で、私といっしょに悪いことしてきたって思ってたでしょう？　実際は、あなたは私の暴走を止めようとして、巻き込まれてただけだったのに」

「そんなことはない」

翔馬は煙を吐き出した。

「それは、ミイラとりがミイラになった部分はあったでしょうね。それはあなたが優しすぎる人だったせいもあるし、あなたが私に似ているせいもあったから……あるいは、似ているのは私のほうで、私が、あなたの影なのかもしれないけれど」

「影、ね」

だとしたら。皮肉な顔はしていても、いまの彩音に微妙な変化を、以前はなかった暖かさをこうして翔馬が感じるのは、翔馬自身が、たしかに変わった証拠だと思う。

少しの間、沈黙が流れた。

「でも、いつまでもあなたにへばりつく影はもう飽きたから。アメリカで、日の当たる場所っていうのを、探してみるわ」

紅茶はまだカップに残っていたが、彩音は伝票を手にして席を立ちあがった。

「がんばれよ……姉さん」

「……そうね。なんとか、がんばってみましょうか。千載一遇の留学のチャンスを棒に振った、お人好しの弟のぶんまでね」

他人事のようにあっさり言って、彩音は翔馬の前から去っていった。

翔馬はゆっくり深い息をつき、何本めかのタバコをくわえる。すると、横からすっとウエイトレスの手が伸びて、テーブルの上の灰皿を替えた。

「お、ありがと」

何気なくウエイトレスの顔を見て、翔馬は唇のタバコを落とした。

「空」

見慣れない、ウエイトレスの制服姿。

「お前のバイト先、ここだったのか？」

「ん……」

だが空は、無表情のまま翔馬を見ようとしない。ひょっとして、いまの彩音との会話を……留学の話を、聞かれたのだろうか……。

千紗都は、午後には退院しているはずだ。

1日遅れる形になったが、今日は、3人で家で誕生パーティをしよう。

翔馬はひとりでそう決めて、会社の仕事を早めに切り上げ、女の子好みの甘めのワインを買って家に向かった。途中、物凄《ものすご》く気恥ずかしかったが、色違いで、小さめの花束もふたつ、花屋で買ってみたりする。

これは、あいつらの機嫌とりじゃない。留学のことが空から千紗都に知られた場合、何も言われずすむことはないだろうが、おれとしては、何度も言い出そうとはしていたんだ。それに、安岐山には断ったんだから、話は、すでにすんでいることだ。

などと何度も思い直すあたり、やはり弁解じみた気持ちがあるのは事実のようだが、妹たちの誕生日を祝ってやりたい気持ちも、もちろん本気だ。

「ただいまぁ」

一応、花束は後ろ手に隠して、翔馬は玄関からリビングへ向かった。

「おか～りなさ～い」

なんだ？　声はたしかに千紗都のはずだが、奇妙にハイで、ろれっているぞ。

「遅いよぉ～……何してたのぉ、兄貴ィ～」

空は空で、らしくないほど湿っぽい、絡むような調子で呼んでいる。

「お前ら、何し……わ……」

リビングは、紙テープのくずだのワインの空き瓶《びん》だのが転がって、見たこともないほど散らかっている。そして、真ん中に重なりあって、すっかり酔っ払っている千紗都と空。

「なんて格好してんだ」

翔馬は焦った。千紗都はスカートがめくれてパンツ丸見え、空のほうは、何をふざけたのか知らないが、ジーンズは膝上《ひざうえ》、ショーツまでお尻の下までくるりと剥《む》かれて、危ないところがチラチラしてる。

「なにしてたのぉ」

空がすわった目つきで翔馬を見上げた。

「や。仕事と、ちょっと買い物」

「ふん、うそだ……また美人とどこかでデートしてたんだ。ボクたちを放って、兄貴は美人とアメリカへ行くんだぁ～」

空はうつぶせた膝をバタバタさせた。やっぱり、留学のことがバレている。

「それはな空」

「え、なに、兄さまデート？　デートデート、千紗都ともデートしましょうよぉ～」

千紗都はどうしようもなく明るくて、はしゃいでぴょんと起きあがった。

「うふふふ。じゃ、とりあえず兄さまも1杯どうぞ」

手近のグラスに手近のボトルを傾けてみたが、すでにボトルは空らしい。

「あれぇ……空っぽでしたぁ～……うふふふ」

「もうやめとけ」

翔馬は千紗都の手をとって、空のグラスとボトルをよけた。

「あー。また兄貴、ちーちゃんにばかり優しくしてるぅ。あーあ……なんで兄貴がちーちゃんのものになっちゃうのかなぁ～」

「うふふ……もう決めちゃったの。だから兄さま、安心して、アメリカへ行ってきてくださいねえ」

「……だから、それはだな」

「ちーがーうー！　ボクだって、兄貴がボクのお兄ちゃんのほうが、いいんだから！」

空は千紗都の話は聞いていないらしい。

「でも兄さま。本当は私、ずーーーーーーっと兄さまのそばにいたいんですよ」

千紗都も自分の言いたいことだけを言って、翔馬の腕にぴとっとくっついた。

「あー！　ボクだって！　ボクだって、ずーーーーーーーっと、お兄ちゃんのそばで『ぴとぉ』ってしてたいもん！」

空は翔馬の反対の腕にしがみつき、子犬のように腕と身体の間に頭を入れて、

「そいで、そいで、『ぎゅうっ』ってしてもらうの！」

「うふふふ……空ったら、甘えんぼさんのお子ちゃまなんだから」

そういうくせに、千紗都も絶対翔馬の片腕を離さない。

「うう……違うもん……甘えんぼさんじゃないもん……ボク……ボクは……お兄ちゃん、甘えんぼさんだとボク嫌い？　うう……」

「よしよし空。お姉ちゃんが慰めてあげるからねっ」

千紗都は空の頭を引き寄せて胸に抱いた。

「ちーちゃぁん」

「ほらっ！　こちょこちょこちょこちょ！」

ひとさし指で、空の腋《わき》の下をくすぐる千紗都。

「にゃはははははは！」

「ほらほら、こちょこちょこちょこちょ！」

と、その指が空の乳房のあたりへのびる。

「にゃは、や、あん、ちーちゃんのエッチ！」

「エッチでいいもん。千紗都は、誰かさんのせいで、エッチな女の子になったんだもん！

えい！　えいえいえいえいえい」

やだやだ、と言いながら、千紗都に体を触られて、空はごろごろ転がった。

……だめだこりゃ。

翔馬は諦《あきら》めのため息をついた。ふたりの服が乱れていた理由もよくわかった。はしゃぎ疲れたふたりはバッテリーが切れたようにコトリと動かなくなって、ふたたび、床にへたりこんだ。とりあえず、このままじゃ風邪をひく。翔馬は千紗都と空を順番に抱きあげ、それぞれの部屋へ連れていって寝かせた。

「うん……お兄ちゃん……」

「兄さま……」

半分寝ながら、ふたりはなお、それぞれに翔馬に甘えてきた。

夜の風が翔馬の部屋の窓をカタカタ鳴らした。

春一番か。まだ早いかな。

翔馬はひとり、ベッドに寝ころんで天井を見ている。

留学か……。

日奈美のことばをふと思い出した。

——先輩が本当にしたいことなら、ぜひやるべきだと思います。女の子は、好きな人の夢がかなうのが、自分自身の夢でもあるから。

千紗都も、空も、同じだろうか？　おれの中には、たしかに、留学への未練はまだいくらかある。だがおれは、本当にそれを望んでいるか？　家庭に縁のなかったおれがやっと手にした「家族」と離れてまで、留学したいと思っているのか。だがあいつらは、10年間もほったらかしにしていたおれを、変わらず待っていてくれた。そう考えれば、2年かそこらは、決して長い時間じゃない。いや、問題はおれの気持ちだ。好きな女は、いつでも抱きたい。かけがえのない妹は、いつもそばにいて守ってやりたい。

コン、コン。

そこへ、控えめなノックの音がした。音だけで、外にいるのは誰かわかった。

「兄さま。少し、お話があるんですけれど、いいですか」

「入れよ」

「よろしかったら、私のお部屋にいらしてください」

「……ああ。わかったよ」

翔馬はベッドから起きあがった。

あれだけ酔っ払っていたくせに、一寝入りしてもう抜けたのか、千紗都は、すっかりいつもの千紗都に戻っていた。千紗都の部屋で、ベッドに座っている翔馬に、コーヒーをいれて持ってきた。

「さっきは、ずいぶん楽しそうだったな」

「すみません……あの、部屋まで運んでくれたの、兄さまですか？」

「ああ。重い上に、抱えてる最中暴れて大変だったんだぞ」

翔馬は嘘《うそ》をついて千紗都をからかった。

「おれの悪口も好き放題言ってくれたしな。おかげで千紗都の本心がわかったよ」

「そんな！　うう……」

何も覚えがないらしい千紗都は素直にへこんだ。翔馬はさらに調子に乗った。

「しかも最後は裸で踊りまくって、何がなんだか」

「ああっ、兄さまにそんな恥ずかしい格好を……もう生きていけません」

「裸ならいつも見てるだろ、ベッドの上で」

「……」

薄暗い明かりの部屋の中でも、千紗都が赤くなってうつむくのがわかる。翔馬は千紗都を抱きたくなった。が、先に話を聞くことにした。

千紗都は少し沈黙したあと、すっと窓辺に移動して、月の光の差す窓から庭を見下ろした。

ふたりが再会した夜も、千紗都は同じように庭を見ていた。

「この部屋からは、あの桜が見えます。あの桜の樹から私は落ちて、兄さまにケガをさせました。兄さまの、音楽家としての将来を、あのとき私は奪ってしまった」

翔馬は首を横に振った。

「私はあれから、ここを自分の部屋にしたんです。これからも、あの日の自分のあやまちを、決して忘れないように」

「もういいんだよ。千紗都」

「兄さまがいいと言ってくれても、私は忘れることはできません。母に似て身体の弱い私が、長く生きられないかもしれないことは、あのころから、薄々わかっていたんです。なのに、そんな私を助けるために、私の大切な兄さまが……」

千紗都は声をつまらせうつむいた。ふと、翔馬に暗い思いがよぎる。千紗都がこれまで、一途《いちず》に翔馬ひとりを慕い、何をされても翔馬の欲望に応《こた》えてきたのは、あるいは、償いのためだったのか。

だがそこで、空のことばが胸に浮かんだ。

――兄貴が来てからのちーちゃんは、本当に、元気で、幸せそうだった。

もしも千紗都の翔馬への気持ちが償いなら、そんなことにはならないはずだ。

「千紗都」

翔馬は千紗都を抱き寄せた。翔馬の思いに応えるように、千紗都は翔馬の腕の中で続けた。

「でも、そのとき、おじいさまが私に言ってくれました。お前があいつにすまないと思うのなら、あいつのために、これから生きていきなさいって」

白い千紗都の両手が伸びて、翔馬の頬をそっと包んだ。しぜんに、顔と顔とが近づいた。目を閉じて、千紗都は自分から、翔馬の唇に唇を重ねた。触れるだけだが、熱いキスだ。

「私……怖いけれど、近く、手術受けます。これからも、兄さまのそばで、兄さまのために生きたいから」

「そうか」

「私はきっと元気になります。兄さまの重荷にはなりません。だから兄さま、自分の夢をかなえてください。アメリカで、音楽を勉強してきてください……」

翔馬はもう何も言わなかった。ことばより、千紗都への思いをすべてぶつけて、千紗都と激しく愛し合いたかった。

ベッドに細い身体を倒し、荒々しく、むしり取るように千紗都の服を脱がせていく。

「兄さま……」

千紗都は抵抗しないどころか、自分でも、翔馬の前のボタンをあけて、翔馬の肌を求めていた。もどかしく翔馬はブラを押しあげ、乳房があらわになると同時にむしゃぶりついて、責めるほどつよく、千紗都の乳首を交互に吸った。

「ん、あ……いッ……」

千紗都はせつない声で応える。舌先でクリクリ丸めてやると、乳首は丸い種のように固くなり、甘く噛《か》むと、いい具合の弾力で歯を押し返して微妙に膨れた。右の乳首を吸うときは左の胸を、左を吸うときは右の胸を、翔馬はてのひらで包んで揉《も》んだ。

「千紗都、もしかして、少しオッパイ育ってないか？」

てのひらの中の大きさが、微妙に変化している気がする。

「……わかりません……でも、そうかも……」

「揉まれると、大きくなるっていうからな」

翔馬としては、千紗都の胸は、大きすぎるよりは控えめなほうがじつは好きだが、翔馬に抱かれる快楽で、膨らむ乳房はかわいかった。胸の上に残る傷を撫《な》で、偉い偉いと褒めるつもりで、翔馬は乳房にキスをして、しつこく、乳首をしゃぶり続けた。

「ん、兄、さ、ま……ッ……んん……」

じっくりと愛撫《あいぶ》してやるうちに、千紗都の身体の力が抜けて、身体も心も開いていくのが、上になった翔馬に伝わってくる。

「兄さま、私……そんなに、されたら……」

「こっちも欲しくなってくるのか？」

翔馬はすっと片手を千紗都のショーツの股間《こかん》にあてた。ちょうど中指のあたる中心は、すでにジットリと濡れていた。

「うわ、もうこんなになってるのか？　千紗都は、本当にいやらしい子だな」

「だって、それは……兄さまが……」

「おれが教えたせいだけじゃないぞ。千紗都は、初めてのときからよく濡れたし、すぐにイクことも覚えただろう？　口でするのも、オシッコもバイブも、なんでも大好きになったじゃないか」

「ああ……言わないでください……」

「でも言われると、感じるだろ？　ほら」

「ヒ……あ……」

翔馬はショーツの中に手を入れた。割れ目の間に指を入れ、クリトリスを探ってかるく指で押してやりながら、するするとショーツを丸めておろし、とりあえず片方の足首に絡めて、膝を立てさせ、思い切り、左右にぐいと開かせた。

「うんッ」

千紗都はかるく唇を噛んだ。Mの字型に脚を開いて、あそこの奥まで丸見えにするのは、やっぱり恥ずかしいのだろう。だが、濡れて興奮したあそこは見られながらジュンジュン蜜《みつ》を出している。指で開いて、片手の指でクリトリスをいじり、もう片方の手の指で、とろける熱い内部を探ってかきまわして感じさせ、翔馬は千紗都の股間をメチャクチャにした。千紗都は脚を開いたまま、翔馬にオモチャにされることが嬉《うれ》しくてたまらないというように、微妙にお尻を上下に揺すった。より深い快楽がほしいのだろう。中に入れているほうの指を1本抜いて、後ろのアヌスにあててみる。

「あ、そこは……」

「大丈夫だよ。いまの千紗都なら、きっと感じる」

「……く……うっ……」

翔馬は、ヌルヌルの蜜をアヌスの周辺にも塗って、じわじわと、窄《すぼ》んで狭い中へ進めていく。

「息を吐いて、お尻の穴を自分で開くつもりで力を抜け」

「……はい……ッ……ふあ……あ……はあんッ……ん……」

「かわいいぞ。千紗都のかわいいお尻の穴が、一生懸命、男の指を飲み込んでる」

爪先から、第一関節まで指が入った。

「兄さま……だめです、お腹《なか》が、変です……」

「痛いのか？」

「いいえ……ッ……あ、でも……あ……ああ？」

ピクンと、千紗都の動きが止まる。よし、感じたな。翔馬は笑って千紗都を見下ろし、安心させるようにキスをした。それから、千紗都の細い身体を抱え、ゆっくりと、体勢を反転させる。お尻をいじりやすいように千紗都を四《よ》つん這《ば》いにしてやって、改めて、アヌスに指を差し込みながら、クニクニと、中で指先を動かした。

「あ、だめ……兄、さまッ……」

千紗都はぶるぶる震えだし、いつもの達するときの前兆のように、膝を閉じたり開いたり、翔馬の手を股《また》に挟んだりして、もじもじ動く。いやらしく、腰がくねくねうねっていた。たぶん、千紗都自身も意識していない動きだろう。快楽で、どうしようもなく腰全体がじれているに違いない。

「もうイッていいぞ。とりあえず、後ろでもイケるようになったら、千紗都のファーストレッスンも終わりだ」

この先も、もっと楽しいことがある。ちょっと危ないメニューもあるが、お前なら、きっと楽しめるぞ。じっくり時間をかけて、教えてやる。おれたちは、いつまでもいっしょに生きるんだからな。

アヌスの指を動かしながら、翔馬は、少しつよくクリトリスをつまんだ。

「あぁッ！」

千紗都の身体が、痺れたように何度か跳ねた。刺激がつよすぎるせいか、両目にどっと涙が浮いた。パックリ割れた入り口がヒクついて、プシャッ、プシャッと連続して、大量の蜜を何度も脈うちながら吹き出した。すげえ……これはいわゆる、潮吹きってやつか？

顔を近づけ、達している千紗都をアップで見ていた翔馬の頬にも、千紗都が飛ばした蜜が張りつく。翔馬は舌でそれを舐《な》めとる。しょっぱくぬるい、少女の味だ。

はあ、はあ……。

まともな意識があるかどうかもわからない顔で、いかされたときの姿勢のまま、千紗都は息を荒くしている。

「もうイッたのか？　満足したか？」

遠く呼びかけるように翔馬が言うと、いいえ、と千紗都は小声で応えた。

「いっしょがいい……兄さまと、いっしょに、ひとつになって……」

「そうだな」

翔馬は、ふたたび千紗都をあおむけにした。お互いの身体を密着させて、千紗都の顔を見ながらする。やっぱり、ふたりにはこの形が一番しぜんだと思う。

「お前の中を楽しませてくれ」

「はい」

お願いします、と言うように、千紗都はみずから大きく脚を広げると、うっとりしたように目を閉じる。唇が、少しだけ開いて小さい歯が見えた。淫《みだ》らでかわいい顔だった。翔馬は千紗都の中心に自分のものをあてがって、割れ目の上を滑らせるように、何度か、擦《こす》りつけて往復した。すぐに千紗都の蜜が絡んで、翔馬のものもツヤツヤになる。かるく手を添え、挿入を始めた。ん、あっと千紗都が喉《のど》をそらして反応する。

「入って、くる……兄さまの……兄さまの、固いの、入ってくるの……」

「ああ。ほら、ちゃんと根もとまで入ったぞ……」

ひとつになって、ふたりはそれぞれ熱く息をつく。入れるだけでも、千紗都の中は本当に狭く、熱くて気持ち良かった。だが翔馬の先端はさらに熱く、鋭い快楽を求めて、千紗都の中で動き始めた。

「あ……んあ……んっ！」

「気持ちいいか？　おれに合わせて動いてみろ」

「はい……ああ……」

千紗都は自分で腰を使った。乳首がツンと上を向きっぱなしの小さめの胸が、千紗都の動きにあわせて揺れた。

「少し、つよくしていいか」

「はい、ください……壊れてしまうくらいにつよく、兄さまを感じさせてください……あ！　ああ！　ああ！」

ことばどおり、翔馬は千紗都の太腿《ふともも》の裏をつかんで開かせ、容赦なく、激しく中へ打ち込んだ。長い髪がシーツに散るように流れて、きゃしゃな身体は、本当に折れてしまいそうだ。幼いくらいに小さな割れ目は、何度も男に出し入れされて、肉襞《にくひだ》をめくられ、充血して、悲鳴をあげているようにも見える。それでも、千紗都の表情だけは、もっと、もっとと翔馬を求め、唇は、誘うように甘く啼《な》いている。

「んん、う……兄さま……いい……兄さま……もう、もう私……私……」

「おれもいいぞ」

「兄さま……ください、今日は、私の中にください……」

しがみついてくる千紗都の内部が、翔馬のものをキュッと挟んだ。最後まで、ここで出すまで離さない、とでもいうように。

「いいのか」

「平気です……だから……あ……ああっ！」

翔馬は日頃《ひごろ》の自制心から解放されて、さらに激しく、容赦なく、千紗都の深いところを突いた。ここはきっと、子宮の入り口に違いない。ここで出したら、おれの精子は千紗都の奥の奥まで届くだろう。それこそ、千紗都の一部になって、いつまでも、千紗都の身体の中に残って、本当に千紗都とひとつになれる。ああ、いい。あの先が、太く気持ちよくなってきた。もっと擦る。もっと千紗都の中に進んで、中で、中で千紗都に種付けしてやる――。

「ああ……」

最後に、千紗都が長い声をあげ、かくりと身体の力を抜くのと、翔馬が達したのはほぼ同時だった。出しながら、翔馬はなおも腰を使って、一滴残らず、すべてを千紗都の中で解放した。それが染み込むのを待つように、千紗都はじっと動かずにいた。

翔馬が留学の話を受けたのを、安岐山は非常に喜んだ。

「それじゃあ、奈良橋君がまた気を変えないうちに、出発日を決めていいだろうか」

「どうぞ」

いっぽうで千紗都も、病院に行って手術の日を決めてきたと言う。

「いつになった？」

報告しあって、ふたりは顔を見合わせた。

千紗都が手術を受ける日は、翔馬がアメリカへ出発するのと、同じ日だった。

それぞれの準備は、あわただしく過ぎた。

「先輩とも、しばしのお別れなんですねぇ……さみしいから、あたしもアメリカへ行っちゃおうかなぁ」

編集部の机を片づけていると、日奈美が名残惜《なごり》しそうに寄ってくる。

「何言ってんだ。お前でも、いなくなったらデスクがかわいそうじゃないか」

「うう、お前でもっていうところが引っかかりますけど、そうですね」

「おれの後任が入ってきたら、今度はお前が先輩なんだ。しっかりやれよ」

家に帰ると、荷物の整理。

もともと引っ越してきてからそう間もないので、必要最低限の物だけをまとめるのは楽だった。

「この家は、ずっと兄さまの家ですから。なるべく荷物は置いていってくださいね。そうしないと、私たちもさみしいです」

そういう千紗都は、数日前から、手術の準備で入院している。空も、千紗都の世話や、親族として病院側からいろいろ説明を受けたりするので、しょっちゅう病院へ行っていた。

「だからボク、しばらくアパートのほうに泊まるね。大学とも病院とも、アパートのほうが近いから」

というわけで空も家にはいないので、広い家に、翔馬は何日かひとりだった。病院へはなるべく顔を出すようにしているが、どうしても行けない日もあった。

「千紗都は病院でどうしてる？」

そのときは、空に電話で様子を聞いた。

「元気だよ。手術が終わったら、一度ふたりで兄貴を追って、アメリカへ行こうねって話してる。千紗都は食いしん坊だから、本場のハンバーガーが早く食べたいって」

「そうか」

なら大丈夫かとほっとしながら、やはり、翔馬の不安は消えない。なんといっても、危険な手術だ。万が一にも考えたくはないことだが、失敗すれば、千紗都の命は……。

そして、とうとう翔馬がアメリカへ発つ前日の夜がやってきた。


その日は、千紗都が手術を受ける前日でもある。

面会時間もとっくに過ぎた、しんと静かな夜の病院。

千紗都の個室は、廊下の一番奥の突き当たりだ。

足音をしのばせ、歩いていく。

コン、コン。

千紗都は寝ているかもしれないと、かるく、ノックで確かめる。

「あっ、空？」

すると、ドアごしに千紗都の声がした。震えた、頼りない声だった。

「空でしょう？　あの……やっぱり、少しでいいから、そばにいてほしいの。私、怖いよ
……もしも、もしも明日手術が失敗したら……いま、ここにいる私は消えて、もう二度と、
空とも、兄さまとも会えなくなるの……すごく怖いよ……考えると、おかしくなっちゃい
そうだよ」

言いながら、千紗都はシクシク泣いていた。

やっぱり、な。

息をついて、そっとドアを開ける。

「まかせろ。いつまでだっていてやるよ」

「兄さま⁉」

涙をためた目を見開いて、千紗都は翔馬の出現に声をあげた。

「シッ。本当は、規則違反なんだそうだ。お前はこの病院のなじみだから、特別に、許可
してもらったんだぞ」

「どうして……」

「忘れ物があったんだ。行く前に、お前に渡しておこうと思ってな」

千紗都は一瞬嬉しそうにしたが、

「でも、私のことは、もういいですから。明日の朝も早いんでしょう？」

「明日が早かろうが遅かろうが、死にたくないって震えてるお前を放っておけるほど、おれは悪人じゃないつもりだぞ」

翔馬はベッドのふちに座った。

「それに、お前はよくてもおれのほうはよくないんだよ。さあ、手を出してみろ」

「え」

毛布の上の千紗都の手をとる。ほっそりした手。やっぱり、少し痩《や》せたかもしれない。

「渡す物があるって言っただろ？　ほら……」

「……」

千紗都はことばをなくしたように、まばたきもせず、翔馬の贈り物をじっと見つめた。

「……これ……」

やっとひとこと出てきた声に、翔馬は照れながらうなずいた。

「似合ってるぞ。一生、大切にしてくれよな」

箱にも入れずに持ってきて、ポケットから出してはめたプラチナのリング。サイズもぴったり、千紗都の細い薬指によく映える。

「で、でも私……もう、ダメかもしれないし……」

「バカ。おれはもう、千紗都に決めちまったんだから、ダメとか言うな」

翔馬は千紗都の髪を撫で、それから身体を抱き起こした。パジャマ姿の千紗都はやっぱり甘い匂《にお》いがする。細いが柔らかな体を抱いた。

「心配するな。明日は、絶対にうまくいく。うまくいかないなんてわけがない。万が一にも失敗したら、そのときは、おれも死んでやる」

「だ、ダメです！　そんなの、絶対に」

「なら死ぬな。おれを死なせたくなかったら、お前も、絶対に生きてくれ」

もう一度、翔馬はしっかりと千紗都をきつく抱き直した。うう、と千紗都は翔馬の胸に泣き顔を押しつける。

「兄さま……私も……私も、兄さまとずっと、生きたいよ……兄さまをずっと好きでいたい……兄さまに、ずっと好きでいてもらいたい」

千紗都、と翔馬は息だけで呼び、涙で濡れた頬にキスをした。

「おれもだよ、千紗都」

翔馬が初めて千紗都を抱いた日、千紗都は翔馬に告白した。けれど、翔馬はそれに応えなかった。だが、いまならはっきりと言える。

「好きだ、千紗都」

もう一度、今度は千紗都の唇にキスをした。

「そばにいてくれ……ずっと」

あの日のお前のことばじゃないけど。

おれももう、ひとりじゃ生きられないんだよ――。

エピローグ　桜の再会

久しぶりに訪れた祖父の家には、見慣れない、幼い双子の姉妹がいた。

双子は初めて会う翔馬をじっと見つめている。ひとりは好奇心でいっぱいのキラキラした目で、もうひとりは、祖父の膝《ひざ》の陰からおっかなびっくりの目で。

「こいつが、この前話したワシの孫だよ」

祖父は、双子に優しく翔馬が何者か教えてやると、

「ほれ、自己紹介くらいせんか！」

まるで遠慮のない口調で翔馬を促した。

「あ、ああ……ええっと、奈良橋翔馬。そのじじいの孫らしい。これからしばらく居候させてもらうんで、よろしくな。おチビちゃんたち」

「なんだ。相変わらずふざけた男だな」

祖父はむっとしたように言ったが、目は笑っていた。

「まあ、見てくれは悪いが、根っからの悪人というわけでもないからな。安心していいぞ」

「こら、じじい！　見てくれが悪いはよけいだろ」

「ワシは正直でな」

すました顔で言い返す祖父。翔馬の口が悪いのは、絶対に、この祖父ゆずりだと思う。

「とにかく、この男がお前たちの新しい家族……お兄さんだ」

しかし、双子を見る祖父の目は、まさに目に入れても痛くないということばがぴったり

くるほど優しかった。

双子は祖父の憧《あこが》れの女性だった人の忘れ形見であり、身よりを亡くしたこの姉妹を、みずから名乗り出て引き取ったという。あの顔でロマンチストのじじいらしい話だ。

しかし、そんな女性の娘たちらしく、幼いながらも、双子はとてもきれいな顔だちをしていた。

「お兄ちゃん……？」

おずおずしているほうの子が空。

「兄さま……？」

そして、キラキラした目の子が千紗都。

そうだ、これがおれとあいつらの出会いだったっけ――。


「ご案内を申し上げます。まもなく、本機は新東京国際空港に着陸いたします。到着時間は日本時間の午後1時10分、天気は晴れ……」

スチュワーデスのアナウンスが聞こえて、翔馬は、はっと現実にかえった。

そうだ。

いまは、2年間のアメリカ留学から日本へ帰る飛行機の中。

日本では、あの屋敷であいつらがおれを待っている。


2年前、10年ぶりに帰ったときには雪の舞っていた並木道。

春の日の今日は、桜の花吹雪が散っている。

約束どおり、翔馬はこの街に帰ってきた。

「せんぱあーい！」

一番最初に走ってきて翔馬を迎えてくれたのは日奈美だった。

「よ、久しぶりだな。元気にしてたか？」

「はい。先輩が行っちゃってしばらくは、落ち込んじゃってダークなヒナちゃんを演じてましたが、もう元気です」

「ふん、相変わらずみたいだな。で、今日のその格好はなんなんだ？　日の出菜館の出張サービスか？」

日奈美は、細身の赤に刺繍《ししゅう》の入った、得意の（？）チャイナドレス姿だ。

「正装に決まってるじゃないですか。今日は、おめでたい日なんですから。もう、みんな先輩を待ってますよ！」

「こら、引っ張るな！　みんなってなんだよ」

「いいからいいから」

「あら、奈良橋さん。お久しぶりです」

門のところで、ちょうど隣から来たところらしい久美子と出会った。

「ああ、久美子さん。お久しぶりです。相変わらずおきれいで、嬉《うれ》しいですよ」

淡い色の春らしいワンピースが、桜の下によく似合う。

「ありがとうございます」

笑う久美子に、翔馬は改めて頭をさげる。翔馬の留守中、久美子にはいろいろと世話になっていると、妹たちが、何度も手紙に書いてきていた。大人の女性がすぐそばにいてくれるので、翔馬も安心して海外にいられた。

「おかえり。先生」

リビングのソファには、かのこがいた。

「元気にしてたか？　少し、背が伸びたんじゃないか」

だが相変わらず少年のように短い髪を、翔馬は、くしゃっと撫《な》でてやる。

「そうかな？　よくわからない」

相変わらずぽつぽつとしゃべっているが、表情は、前よりも明るくなった。かのこは翔馬と前後してアメリカへ来たが、ひとあし早く帰国していた。アメリカでその才能が開花して、星和音大の特待生になってから、かのこもいくらか、自分に自信がついたのかもしれない。翔馬も、アメリカでのかのこの指導には、それなりの役目を果たしたと、心ひそかに自負している。

「あ、兄貴！　やっと帰ってきた！」

そして、家の奥から相変わらず明るい空が走ってきて、翔馬の首に飛びついて甘えた。

「お前は、ちっとも変わってないな。少しは女らしくなったかと思って期待してたのに」

「なーに、開口一番がそれ？　兄貴も、口の悪いのはまったく変わってないみたいだね」

空は唇を尖《とが》らせた。

こんな空だが、金管楽器の演奏では、いまでは星和のトッププレイヤー、つまり日本の若手でもトップクラスといわれているというから、翔馬にすれば驚きだ。

「今日は、みんな集まっているんだな」

翔馬は、懐かしい顔を見回した。これで彩音の顔があったら、本当に、翔馬にとってはオールキャラなのだが、あいにく、彩音はいまも海外で活躍中。

仮にこの場にいたとしても、

「場違いなところに呼ばないでよ」

と、いつもの皮肉な顔で笑うだろう。あいつも、きっと変わらない。

「で。千紗都は、どこにいるんだ？」

「千紗都はねぇ……」

「何をクスクス笑ってるんだよ。気持ち悪いな」

よく見ると、空だけでなく日奈美も久美子も笑っていて、かのこも、頬《ほお》を染めて嬉しそうにしている。

「こっちこっち。千紗都は、こっちで兄貴を待ってるよ」

空は翔馬の手を引っ張って、千紗都の部屋へと連れていった。

部屋へ向かうわずかな時間のうちに、さまざまな思いが、翔馬をよぎる。

手術はやはり危険だった。

一時はどうなるかという事態もあったが、千紗都は、がんばって耐えきった。

生きていたい、翔馬との約束を果たしたいという思いが、力を与えてくれたのだと、千紗都はあとで言ったという。まだ飛行機での長時間の旅行はつらいため、翔馬に会うことはできなかったが、この2年、翔馬が千紗都を忘れた日はなかった。

そしてきっと、千紗都も。

「さあ、入って入って」

空が翔馬の背中を押した。まったく、こいつまだにやにやしてる。翔馬はちょっと空を睨《にら》んで、それから部屋の奥を見た。

「千紗都。帰ったぞ。久しぶ……」

言いかけて、翔馬はついことばを失った。

ウエディングドレスに身を包んだ千紗都。

長い髪、長いヴェールに、長いドレス。窓越しに、春の柔らかな光を浴びて、静かにほほえんでいる千紗都は、夢の中のように美しかった。

「……おかえりなさい」

静かに目をあげ、翔馬を見る。2年の間に、ほんの少し、大人びた顔だちになっただろうか？

「ああ。ただいま」

「何、柄にもなく緊張してるの？　……いた」

後ろで、柄にもなく冷やかす空の頭を翔馬はこづいた。

「じゃあ、ボクはリビングでみんなと待ってるから。じっくりふたりきりで再会の感激を味わったら、新郎新婦として入場してね！」

それじゃ、おじゃましました～とふざけて言って、空はパタンとドアを閉めて出ていった。

静かな部屋に、翔馬と千紗都はふたりになった。

窓の下の庭には、思い出の桜の木が見える。この場所で、ふたりは初めて結ばれた。そして、何度も愛し合い、ふたりだけの絆《きずな》を深めていった。

どちらからともなく、ふたりは寄り添う。懐かしい、触れずにはいられない千紗都の頬。

「……会いたかった。兄さま」

「悪い。ずいぶん、待たせちまったな」

「本当です。だから、今日からはもう待ちません。いいですよね？」

千紗都の薬指には、約束のプラチナのリングが光っている。

「ああ……今日からは……」

唇を重ねて、ふたりはその先を誓い合った。

END

あとがき

こんにちは。約1年半ぶりに「ナチュラル」のノベライズさせていただきました。前作では、ヒロインのライトバージョンダークバージョンの2冊でお届けいたしましたが「ナチュラル2〜DUO〜」では、ふたりのヒロイン、千紗都と空の物語をそれぞれ1冊ずつ、ということで、今回は、お姉ちゃんのちーちゃんこと千紗都編です。

千紗都は、一見おとなしくけなげだけど、芯はしっかりした女の子。でも、その芯のさらに奥には、危ないほどのもろさがあって、主人公の存在だけが、もろい千紗都を支えてる。そう考えると「元気」と「控えめ」の違いはあるけれど、ヒロインにとっての主人公の存在、そんな一途な思いをそのまま彼にぶつけてくるところなどは、前作の千歳と似ています。ノベライズ千紗都編では、そんな千紗都の一途さに「ナチュラル」らしさをイメージしてもらえるようにがんばりました。

次の空編では、もちろん空の物語とともに、ゲームでは重要キャラでありながら今回出番の少なかったかのこや、お楽しみシーンがおいしい（と思うのは私の趣味？）久美子さんがたくさん登場する予定です。

では、次回もまた「ナチュラル」でお会いできたら嬉しいです。

清水マリコ

Natural《ナチュラル》 2 -DUO- 兄さまのそばに

2000年12月31日 初版第1刷発行

著 者 清水 マリコ
原 作 フェアリーテール
原 画 針玉 ヒロキ

発行人 久保田 裕
発行所 株式会社パラダイム
〒166-0011 東京都杉並区梅里2-40-19
ワールドビル202
TEL03-5306-6921 FAX03-5306-6923

装 丁 林 雅之
制 作 有限会社オフィスジーン
印 刷 ダイヤモンド・グラフィック社

乱丁・落丁はお取り替えいたします。
定価はカバーに表示してあります。
©MARIKO SHIMIZU ©2000 FAIRYTALE/F&C co.,ltd.
Printed in Japan 2000

既刊ラインナップ

定価 各860円+税

1 悪夢 ～青い果実の散花～ 原作:スタジオメビウス
2 脅迫 原作:アイル
3 痕 ～きずあと～ 原作:リーフ
4 慾 ～むさぼり～ 原作:May-Be SOFT TRUSE
5 黒の断章 原作:Abogado Powers
6 淫従の堕天使 原作:DISCOVERY
7 Esの方程式 原作:Abogado Powers
8 歪み 原作:May-Be SOFT TRUSE
9 悪夢 第二章 原作:スタジオメビウス
10 瑠璃色の雪 原作:アイル
11 官能教習 原作:テトラテック
12 復讐 原作:クラウド
13 淫Days 原作:ルナーソフト
14 お兄ちゃんへ 原作:ギルティ
15 緊縛の館 原作:XYZ
16 密猟区 原作:ZERO
17 淫内感染 原作:ジックス
18 月光獣 原作:ブルーゲイル

19 告白 原作:ギルティ
20 Xchange 原作:クラウド
21 虜2 原作:ディーオー
22 飼 原作:13cm
23 迷子の気持ち 原作:フォスター
24 ナチュラル ～身も心も～ 原作:フェアリーテール
25 放課後はフィアンセ 原作:スィートバジル
26 骸 ～メスを狙う顎～ 原作:SAGA PLANETS
27 朧月都市 原作:GODDESSレーベル
28 Shift! 原作:Trush
29 いまじねいしょんLOVE 原作:U・Me SOFT
30 ナチュラル ～アナザーストーリー～ 原作:フェアリーテール
31 キミにSteady 原作:ディーオー
32 ディヴァイデッド 原作:シーズウェア
33 紅い瞳のセラフ 原作:Bishop
34 MIND 原作:まんぼうSOFT
35 錬金術の娘 原作:BLACK PACKAGE
36 凌辱 ～好きですか?～ 原作:アイル

37 My dearアレながおじさん 原作:ブルーゲイル
38 狂*師 ～ねらわれた制服～ 原作:クラウド
39 UP! 原作:メイビーソフト
40 魔薬 原作:FLADY
41 臨界点 原作:スィートバジル
42 絶望 ～青い果実の散花～ 原作:スタジオメビウス
43 美しき獲物たちの学園 明日菜編 原作:ミンク
44 淫内感染 ～真夜中のナースコール～ 原作:ジックス
45 MyGirl 原作:Jam
46 面会謝絶 原作:シリウス
47 偽善 原作:ダブルクロス
48 美しき獲物たちの学園 由利香編 原作:ミンク
49 せ・ん・せ・い 原作:ディーオー
50 sonnet～心かさねて～ 原作:ブルーゲイル
51 リトルMyメイド 原作:スィートバジル
52 flowers～ココロノハナ～ 原作:CRAFTWORKside・b
53 サナトリウム 原作:ジックス
54 はるあきふゆにないじかん 原作:トラヴュランス

パラダイム出版ホームページ　http://www.parabook.co.jp

55 プレシャスLOVE　原作:BLACK PACKAGE
56 ときめきCheck in!　原作:クラウド
57 散櫻 ～禁断の血族～　原作:シーズウェア
58 Kanon～雪の少女～　原作:Key
59 セデュース ～誘惑～　原作:アクトレス
60 RISE　原作:RISE
61 虚像庭園～少女の散る場所～　原作:BLACK PACKAGE TRY
62 終末の過ごし方　原作:Abogado Powers
63 略奪～緊縛の館 完結編～　原作:XYZ
64 Touchme～恋のおくすり～　原作:ミンク
65 淫内感染2　原作:ジックス
66 加奈～いもうと～　原作:ディーオー
67 PILE・DRIVER　原作:ブルーゲイル
68 Lipstick Adv.EX　原作:フェアリーテール
69 Fresh!　原作:BELL-DA
70 脅迫～終わらない明日～　原作:アイル【チーム・Riva】
71 うつせみ　原作:BLACK PACKAGE
72 X change2　原作:クラウド

73 M.E.M.～汚された純潔～　原作:アイル【チーム・ラヴリス】
74 Fu・shi・da・ra　原作:ミンク
75 絶望 ～第二章～　原作:スタジオメビウス
76 Kanon～笑顔の向こう側に～　原作:Key
77 ツグナヒ　原作:ブルーゲイル
78 ねがい　原作:RAM
79 アルバムの中の微笑み　原作:curecube
80 ハーレムレーサー　原作:Jam
81 絶望 ～第三章～　原作:スタジオメビウス
82 淫内感染2～鳴り止まぬナースコール～　原作:ジックス
83 螺旋回廊　原作:ruf
84 Kanon～少女の檻～　原作:Key
85 夜勤病棟　原作:ミンク
86 使用済～CONDOM～　原作:ギルティ
87 真・瑠璃色の雪～ふりむけば隣に～　原作:アイル【チーム・Riva】
88 Treating 2U　原作:ブルーゲイル
89 尽くしてあげちゃう　原作:トラヴュランス
90 Kanon～the fox and the grapes～　原作:Key

91 もう好きにしてください　原作:システムロゼ
92 同心～三姉妹のエチュード～　原作:クラウド
93 あめいろの季節　原作:ジックス
94 Kanon～日溜まりの街～　原作:Key
95 贖罪の教室　原作:ruf
96 ナチュラル2 DUO 兄さまのそばに　原作:フェアリーテール
97 帝都のユリ　原作:スィートバジル
98 Aries　原作:サーカス
99 LoveMate～恋のリハーサル～　原作:ミンク
101 プリンセスメモリー　原作:カクテル・ソフト
102 ぺろぺろCandy2 Lovely Angels　原作:ミンク
103 夜勤病棟 ～堕天使たちの集中治療～　原作:ミンク
106 使用中～W.C.～　原作:ギルティ
110 Bible Black　原作:アクティブ

好評発売中!

〈パラダイムノベルス新刊予定〉

☆話題の作品がぞくぞく登場！

105.悪戯Ⅲ

インターハート　原作
平手すなお　著

　勝彦は電車「下の手線」での痴漢の常習犯。ひょんなことから知り合った少女に、ある女に悪戯をしてくれという相談を受ける。

100.恋ごころ

RAM　原作
島津出水　著

　主人公は武術や護符を操り、小さな村を守っている導師。だがたび重なる野盗の襲撃に、一人で戦う限界を感じ弟子を募ることに…。

112.銀色

ねこねこソフト　原作
高橋恒星　著

　どんな願いも叶えてくれるといわれる「銀色の糸」。物語は平安時代から始まり鎌倉時代、大正時代、そして現代へと進んでゆく…。